中公文庫

フライ・フィッシング

英国式釣り師の心得

エドワード・グレイ
西園寺公一 訳

中央公論新社

目次

釣りと野鳥に親しんだエドワード・グレイ

フライ・フィッシング

——英国式釣り師の心得

度量衡換算

1オンス＝約28.3g

1ポンド＝約453.6g（16オンス）

1インチ＝約2.5cm

1フィート＝約30.5cm（12インチ）

1ヤード＝約91.4cm（3フィート）

1マイル＝約1.6km（1760ヤード）

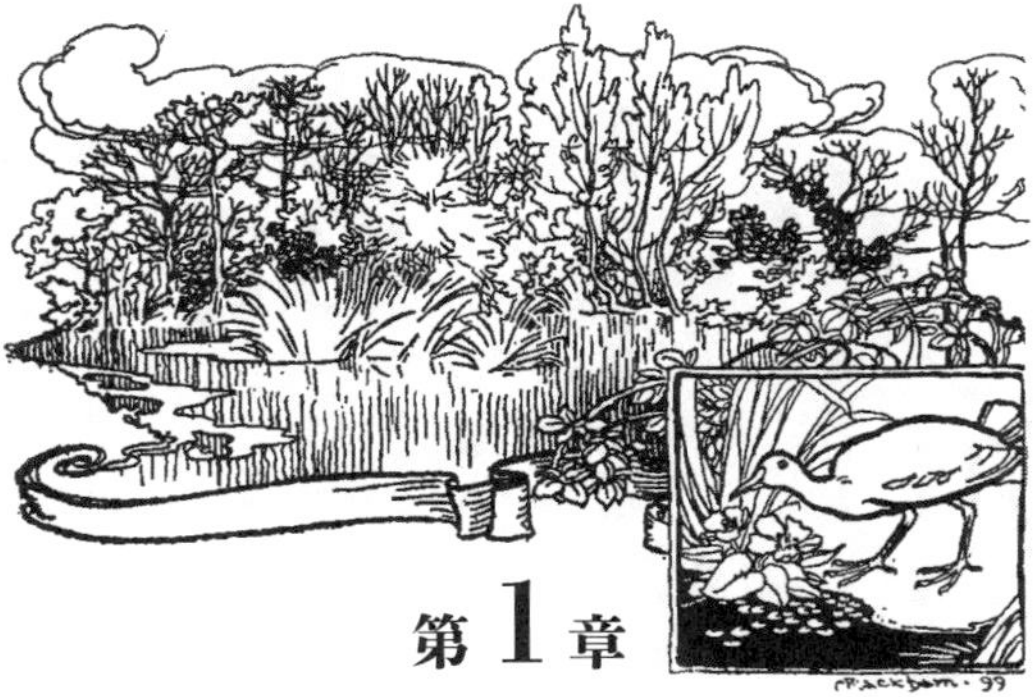

第1章

はじめに

趣味について

趣味について書くのは、もしその趣味を他の人びとと分かち合うことになるのだったら、まことにうれしい。もしわれわれにこの書くという才能があって、田園生活の喜びを生き生きと述べ得たら、たちまち世の中の人の心をとりこにしてしまうにちがいない。

しかし、残念ながら、われわれが自分の心に感じる素晴らしい楽しさを他人に伝えることほどむずかしいことはない。それがたやすいことのように考えるのは、おそらく無意識のうちのうぬぼれにすぎまい。もっとも大きな難点は、人間と事物の性質自体の中にある。

われわれみなが同じ趣味を持つものではないし、かならずしも他の人びとの趣味について聴きたいと思うものでもない。たとえばゴルフに興味がなく、その話はなるべく避けたいとさえ思う人びともいる。われわれは誰でも趣味を語るとき、その話を歓迎しない人びとがいるという危険をおかす。興味のないところに共鳴は生まれないし、興味は徐々にしか育たないものだ。一時《いっとき》のはずみで示されるような興味はあてにならないもので、聴き手にも、話し手にも満足はできない。ほんとうの興味なら、思い出や、それを包むいろいろなことの中にしっかりと根を下ろしているはずだ。

また、他の人びとが興味を示したからといって、かならずしも共通の趣味を持っているとはかぎらない。たとえば、花を愛する人びとがいる。そのなかの、ある者は、花に囲まれて生きるのが好きで、庭の花づくりの効果を楽しむ。ある者は、植物の生活や育成を研究し、それぞれの植物を完全に育て、完全な花を咲かせるために、あらゆる努力を惜しまない。またある者は、花を育てることにはそれほど熱意はないが、花を科学的に観察することに興味がある。このように、趣味にはいろいろな段階がある。もっとも高級で無味乾燥な植物学から、花の色、香り、姿を感覚的に愛《め》でる楽しみ方まである。

だいたい、趣味はわれわれ自身で自分のために見出すのであって、他人から習ったり、伝授されたりするものではない。われわれがほんとうに愛好するものは、はじめからその糸口をわれわれ自身の中に持っているものか、あるいはまったく持っていないものかのどちらかであって、本で読んだり、他人から聴いたりすることがそれを刺激し、助長することはある。しかし、自分の趣味を共感のない者に押しつけようとしても、ほとんど効果はない。ある趣味を持っている者が、それを他人に強調することはたやすいが、もし相手に同じ趣味がなければ、相手はその意味を理解しないだろうし、話し手には共鳴を期待する権利はない。反対に、その趣味を共有する者にとっては、話し方がいくらか不完全であっても、懐かしい思い出がかきたてられることになろう。

自分の趣味については控えめであるべきだ。どこでそれを語るにしても、語る喜びを大切な宝物のように扱い、いくら催促されても、全部をとことんまでさらけ出すべきではない。自分自身の鍵は使わないほうがよい。自分の趣味にたいするほんとうの親しみの精神の証しは、彼の大切な趣味の門口を開けるマスター・キイを持っているかどうかにあるのだ。しかし、こういうことが分かっている人は、まれにしかいない。

われわれのほとんどは環境が決定するままに生きており、仕事が命じる人生を送っている。われわれは眠れない夜に、またはあるところから次のところへ移動するとき、また、道を歩きながら、あるいは列車や車の中で、独り自分の趣味への思いを馳《は》せる。しかし、いかなる場合でも、ほんとうに共感を持つ人物に会えることなどはほとんど望外の幸せと言わなければならない。

したがって、釣りなどについて本を書くなら、説教になってはならないし、他人をその道に引き込む下心や、独断もよろしくない。田園の趣味や生活についての本は、ある程度は提案、情報、示唆などとして書かれ、読まれるべきだが、もっとだいじなのは、著者が経験してきた楽しみをさらに新鮮なものとして読者の共感につなげたいという希望であろう。

一つ残る難点は、楽しみをどう表現したらよいかである。言葉というものは議論や思想は表現しやすいが、感情は表現しにくいからかもしれない。議論ならきちんと文章にまとめることもできようが、一日の釣りについて語ろうと思うと、なかなかそうはいかない。すべてを語り尽くしたと思っても、半分は話さなかった気がすることがよくある。もうそれ以上話すことなどないからだと、気の合わない者や皮肉屋は言うかもしれないが、そうではなくて、喜びの本質がそうさせるのではあるまいか。喜びの感情は、求めなくても、ことさら努力しなくても起こり、いたるところに満ちあふれてきて、われわれの心の中に一つの雰囲気をかもし出す。しかし、ひとたび過ぎ去ると、その気持ちを形容することはほとんど不可能だ。「去年のそのときの雲」がどんなだったかを描写するようにはいかない。過ぎ去った喜びやふたたび感じるかもしれない喜びを分析し、再現させようとしても、意味のない修辞になりがちだ。

著名な作家たちが釣りについてどんな書き方をしているかを考えてみるのもおもしろかろう。もちろん筆頭はウォルトンである。[*1] 彼の著書はすでに古典であって、これからも永くその評価は変わるまい。これは彼の優れた文学的手腕によることも確かだが、同時にウォルトンの秀でた風格のゆえである。風格なくして、著書が永くその生命を保つことはできない。いったい、秀でた風格とは何だろう。定義はない。風格を身につけるにはどうしたらよいか、他から推しはかるのはむずかしい。その人の風格はその人だけのものであり、他人が真似しようとしても、けっして同じ効果を上げ得るものではない。風格はその人固有の人柄からほとばしり出るものである。

ウォルトンの『ザ・コンプリート・アングラー』の魅力も、彼の質朴で純真な性格が彼の著書におのずから現われているためと言えよう。彼の著述には、穏やかな、思いやりのある温かさがあり、人を引きつけて離さない。ウォルトンには釣り以外のかずかずの著書もあり、いずれも文学的に傑出しているが、なんと言っても彼がもっともよく知られているのは、この『ザ・コンプリート・アングラー』によってである。彼の最高の著作だと私は思う。なぜならば、この本の主題の楽しさこそ、彼の優しい、もの静かな心に最適だからだ。

ウォルトンは広い眼で釣りの楽しみを見ている。彼の身近に見えるもの、聞こえるものをなおざりにすることは、彼の繊細な気持ちを傷つけるにちがいない。『ザ・コンプリート・アングラー』の「ピスカトール（漁夫）」の目的は、門人に単に魚を獲ることを教えるだけではなく、それぞれ異なった場所、一日の異なった時間、一年の異なった季節の楽しさを教えることにあるのだ。

同時に、ウォルトンは釣りの技術を教えることにも注意を払った。その教えるものが目新しいものだと信じて書けたのは、彼にとって好都合であった。彼は釣り餌《えさ》、釣り具、釣りの技術について、熱心に、自信に満ちた関心をもって、こまごまと書きつづった。こういうことは釣りの各分野がこんにちのように開発されてしまっていては、ほとんど不可能というべきだろうが、彼の本を読みながら、われわれはたえず新鮮さとのどかさを感じる。川の畔で過ごした日々の喜びは、いかにもウォルトン自身がよい便りの運び手であり、誰でも望む者とならその喜びを分かち得るように描かれている。

ウォルトンには自由な、時間などにはとらわれない、超然とした心境がある。こんにちのように鉄道や、郵便や、電信や、絶えまない情報などの時代にあってそうした心境に達するのは、容易なことではない。ウォルトンの一生には、国内戦争、大きな動乱、大衆の不幸、社会的緊張の幾年かはあったが、あの時代には、世間の情勢に煩わされず、超然としていられる長い合間もあったと思う。ギルバート・ホワイト[*2]の著書『セルボーンの博物誌』を除いては、この『ザ・コンプリート・アングラー』ほど疲れた心に避難場所と慰安を与えてくれる本を私は知らない。

ウォルトンと比較して、チャールズ・キングスレーを考えてみるのもおもしろい。[*3] キングスレーも興味ある釣りの本を書いている。彼の『チョーク・ストリームの研究』には熱意がうかがえ、釣り人を引きつけずにはおかない。彼は川の周辺の植物、昆虫、鳥、その他あらゆる生物についての知識に富んでいた。キングスレーと一日の釣りを共にすると言えば、誰が興奮せずにいられようか。それこそ幸運でなくて何であろう。

しかし、その日の終わりには、疲れ果ててしまう者もあるのではなかろうか。キングスレーは野外の興味ある、美しいものにたいする自分の心からの愛の強さについて、一瞬たりともわれわれに疑いを持たせないように努めた。彼の本を読んだら、誰でもより多くの知識を得るし、釣りも進歩するはずだ。しかし、彼の性格があまりにも強く、彼があまりにも精根を尽くして書いているので、私はいささか心配になる――もし彼の鉤《はり》に大きい魚の当たりがあったら、合わせが強引すぎはしまいかと。

ただ、キングスレーが著作した時代は、ウォルトンのときと比べて、はるかに多くのことが知られていて、釣りに関する知識はすでに余すところがないと考えられた。しかし、実際はそうではない。その後も絶えず新しいことが発見されつづけている。そして、われわれの知識の限界は、いまはより明確になったと思う。ウォルトンは多くのことをわれわれに語ったが、彼の知識をめぐって「神秘の境界」があった。つまり、まだまだ不明確で、これから解明されるべきものが少なくなかった。

たとえば、彼の言う「フォーディッジュ鱒」などは、われわれの住む世界のものではない。われわれが彼の立場にあったとしたら、その鱒を求めて遠い旅に出ることを熱望したことだろう。そんな巨大な怪物を釣り上げるためには、竿の力ではとうていだめで、あるいはウィンチで捲き上げなければならないかもしれない。ウォルトンは自分の話が何か新しい発見につながることを夢みていたのであり、善意の人なら誰でもその夢を自分の生涯に実現したいと願うだろう。

キングスレーの時代、そしていまはなおさら、こういう新しい、血の躍る発見への楽しい期待はなくなった。魚も、毛鉤《フライ》もきちんと分類され、整理されている。しかし、鱒の種類は幾つあるかとか、魚には色の感覚があるかとか、議論しようと思えばまだ問題はあるのだろうが、われわれは独断的になりがちなほど多くのことを知っていて、実際はまだ疑わしい問題さえ未解決ではないと思うようになっている。もっとも、釣り竿、仕掛け、たも網などについては、うんざりするほどの発明があり、もう新しいものはほとんど何も望みたくない。

私はウォルトンとキングスレーを釣りについての優れた著者の二つのタイプとして取り上げてきた。ウォルトンはもちろん第一人者だからだ。キングスレーを取り上げたのは、一面には、それぞれの時代と性格を比較するためであり、他面には、彼の作家としての旺盛《おうせい》な気力が彼の愛する主題をどう扱うかに興味を感じたからである。

ウォルトン以前および同時代の著者たちについて、マーストン氏はその著書『ウォルトンと彼以前の釣りの著者』で興味ぶかい、優れた記述をしている。この世紀前半の著者のなかには、われわれが感謝すべき名前が少なくない。後半になると、学ぶべき本が次々と出版されたが、釣りのそれぞれ特殊な分野を別々に取り上げる傾向が濃くなってくる。多くの人びとは優秀な万能釣り師であるが、現在は専門家と科学的研究の時代であり、知っていることのすべてを書くことはせずに、もっともよく知っていることだけを書く人が多い。

私は自分が人に充分教え得るほどの科学的知識を持っているとはけっして言わない。たとえ私が人に教えることができるとしても、いまはそれを試みる必要などない。釣り人が技術的な知識を望むならば、りっぱな教科書がいくらでもあって、釣りの各分野の最新かつ最高のものを学ぶことができる。したがって、私の目的は釣りの技術を教えることではない。しかし、もし私に専門家になろうという野心があるとしたら、釣りの楽しみについての専門家になりたい。釣りの腕前ということなら誰にゆずってもよいが、釣り人としての名声が上手下手ではなく、釣りへの愛着、釣りの喜びによって計られるとしたら、私は釣り人たちの間で高い地位を占めたいと思う。この本のおもな目的も、この喜びについて語り、その喜びの特質や価値を説明することにある。さらに、釣りという人類の知る最高のリクリエイションを持つことをなぜわれわれ釣り人が祝福するか、それを話したいのだ。

世の中には、仕事そのものが快楽という種類の人たちもいる。こういう人たちは仕事と休息以外には何も望まないし、必要ともしない。詩人か芸術家を考えてみよう。彼らの快楽と仕事との関係はまことに密接で、両者はつねに互いに刺激し合わずにはおかない。たとえば、詩人は快楽によって感情が昂揚《こうよう》するとき、それを表現するために絶えず力を尽くす。感情は単に一生の仕事の動機あるいは下準備にすぎず、もはや感情自体の存在理由はない。科学者についても同様のことが言えるだろう。彼らは休養と活動をもっぱら観察と研究の目的のためにのみ評価し、知識の追求が邪魔されないかぎり、人生に何も求めるところはないのだ。

しかし、そのように生まれついている人間は多くはない。われわれの大部分は、みずから好んで仕事をしているのではなく、あるいは必要に迫られ、あるいは環境に追い立てられたり、強い内面的動機によって仕事をする。もし仕事が価値のある、高尚なものなら、それをりっぱに成し遂げることは、生涯の最大の満足であろう。自分の可能なかぎりの力と素質を生かすことは人間の誇りであり、それらを発見し、開発することは、他のすべての喜びを超越する。しかし、すべての仕事がそういうものではなく、多くの仕事は苦役とも言うべきものだから、われわれはなんとかして仕事から逃げ出したいと考える。どうしてこんな仕事をしているのかと言えば、われわれにそれをするための特別の天分があるからではなく、ほかにもっと適した仕事がないからだ。

必要によって仕事を負わされている人びとが、なにか仕事ではないもの、すなわちリクリエイションの機会を懸命に求めるのは、正当であるばかりでなく、必要なことである。他方、もし何もなすことなく生きるとしたら、われわれは、索漠とした、せっかくの能力がむだになったという気持ちに苛《さいな》まれることだろう。そして、すべては無に帰するという考え方が高じ、あげくの果ては堪えられない焦燥感と、さまよえるユダヤ人の呪いがわれわれの心をむしばむにいたるだろう。そこで、われわれの大部分は、人生を仕事、休養、リクリエイションの三つに分けようと努める。私の著書は、そのリクリエイションの一つの釣りを取り上げる。

われわれはおそらくリクリエイションを仕事と切り離して考えるばかりではなく、仕事と対照して考えたいと思うだろう。屋内で頭脳労働にたずさわる人びとは戸外の運動で体をほぐし、精神を解放することを求める。若者たちはそれ以上のものを求め、それを興奮に見出す。健康で活力あふれる少年期のリクリエイションの三つの要素は、運動、野外、興奮である。競技、狩猟、釣りはこれらの三要素を豊かに与えてくれる。

そして、はじめにもっとも強く意識するのは、興奮であろう。

しかし、年を取るにつれて変化が起こる。たとえば競技について分析してみよう。はじめは勝つことばかりを考える。競技をするのは、まるで少年たちが本を読んで興奮し、わくわくしながら話の結末を知りたがるようなものだ。年とともに次の段階に入ると、より賢くなって、技の優劣が解りはじめる。われわれは年々進歩して、よく身体が利くことに誇りを感じる。体力の限界などはまだ考えられもしない。その後、優秀な技そのものを称賛するようになってゆく。われわれはいかに事を処理すべきか、どういう型が適切であるかなどを判定する立場に立つ。競争は望ましい。なぜかと言えば、競争は興奮をもたらすばかりではなく、優れた技への誘因となり得るからである。われわれ自身としては、正直言って、もう自分の技に進歩があるとは期待していない。ただベストを尽くすことに喜びを感じるのだ。

そして、最後の段階はかなり長いものだろう。それは、われわれの最上の時期がすでに過ぎ去ったことの承認から始まる。体力が弱まったというわけではない。体力そのものはかえって増しているかもしれないが、それを使うのにもっと苦労する。力はあるが、それを発揮すれば消耗がひどく、激しい勝負になると、闘い抜くのが容易でないということになったら、衰えの最初の徴候だ。次の徴候はまもなく起こる。事の処理が敏速に、軽快にはできなくなるのだ。何をするにつけても過去を思い出す。個人的な要素はしだいに影が薄くなり、興奮や競争よりも、静かに考えることに満足を感じる。最後に、観客席に座っている自分を見出すようになると、友人たちから、ゴルフの練習でもしたらどうだと忠告される。狩猟や釣りの楽しみについても、これと同じようなことが少なくない。

趣味の釣り

ここで釣りと他の競技との比較を試みるのは退屈きわまるであろう。みなそれぞれ気に入りの趣味の長所だけが見えるので、それ以外のところにある長所は見逃してしまう。ただ一つ私が主張したいのは、毛鈎釣りは他のいかなる漁法に比べても、魚に与える苦痛が少ないということだ。すべての経験や観察の結果はっきりしていることは、魚をもっとも苦しめるのは恐怖だということである。同じことが、網による漁にも、また他のいかなる漁法に比べても言える。ただし、毒物やダイナマイトで魚を獲ることなどは論外である。前者は非道で嫌悪すべく、後者は魚の残忍かつ無益な大量抹殺《まっさつ》だ。詩人のワーズワス[*4]は釣りを「罪のない楽しみ」と言ったが、これには誰もが賛意を表わすと思う。他のスポーツとの比較はこのくらいにして、これから私は釣りの楽しみそのものの評価を試みることにしよう。

釣りでは、いろいろの競技と同じように、やりはじめの段階で明らかになる特徴は、成功への願いと、成功にともなう興奮である。生まれながらの釣り人にとってこの興奮は、独特の魅力と抵抗しがたい一面を持っている。最初に、魚の当たりか、跳ね《ライズ》*5への期待があり、それが来ると、スリルがとつぜん訪れる。そして、魚が鉤に掛かるやいなや、その魚を上げることができるだろうか、どうだろうかという堪えられないほどの不安に襲われる。さらに、魚とのたたかいが始まれば、釣り人の全精神は釣り竿と釣り糸の中に吸い込まれる思いだ。こういう感じを持たない人びとは、ほんとうに釣りの愛好者とは言えまい。この面で人びとの間に相違があるのはおそらくなにか微妙な気質のせいだろうが、ともかく釣り人ならば、少年期あるいは釣りを始めた当初にこういう興奮を感じ、そのとりこになったことだろう。

私自身について言えば、繊細な道具で予期した以上の大きい魚を喰わせたときほどの興奮はほかにない。それほど遠い過去にではなく経験したある一つのことを私はよく思い出す。ある年の九月のこと、私は片手振りの竿でシー・トラウトを探っていた。釣り場は細長く、深い水は流れがゆるやかで、泥炭《ピート》の川底を反映した色をしていたが、透明度はそう悪くなかった。よく晴れた夏の日で、東から吹くそよ風が水面にかすかなさざ波を立てていた。したがって、できるだけ細い釣り糸と小さい毛鉤を使わなければならなかったが、それでさえ釣果《ちょうか》は思わしくなかった。四ポンド近くのよい型をしたシー・トラウトが一本上がり、ほかにいくつかの魚影を見かけたが、たまにしか魚の跳ねはなく、その跳ねもみな用心ぶかそうに思われた。

　ところが、午後遅く、風がほとんど凪《な》いで、望み薄になってきたとき、水中にとつぜん凄い泡立ち《ボイル》が起こった。不意に私の毛鉤に強い当たりがきたのだ。グリルスか、鮭にちがいない。そこの川幅はそう広くはなかった。私がいた土手の上流と下流には榛《はん》の樹の木立があって、竿がそれを越すことは不可能だが、その間には二〇〇ヤードほど流れのゆるやかな水面があって、魚はその真ん中あたりにいたので、即座に危険を感じさせることはない。しかし、たいへんな困難があった。第一に、魚を誘ってくるべき浅場がない。第二に、川岸は急斜面で、草生えにおおわれている。第三に、私のたも網は小さすぎ、弱すぎて、しかも柄《え》が軟らかすぎる。魚とのたたかいは厳しい、長いものになるにちがいないと私は覚悟した。

　もっともむずかしいのは魚とのやりとりではなく、最後に魚を上げるときなのだ。魚はしだいに竿に支配されてきたが、魚が岸に近寄るにつれて、草生えが問題になる。何度も魚は姿勢をくずさず、ゆっくり私の眼下を通ったので、その形や、大きさや、体紋が見えた。しかし、結末はまだまだ遠い。水面に上がってきた魚を静かに止めることができるまでは、けっして危険をおかしてはならない。草生えのために、魚を手もとまで寄せることはできない。徒渉《ウェード》するには水は深すぎ、川底は軟らかすぎる。小さなたも網だけが唯一の頼りなのだが、それを使うのはあまりにも危険が大きく、あえて私には使えない。この網をどう使うにしても破局につながりそうだ。そんなことは堪えられない。それでも私は一度ならずやってみて、失敗した。失敗のつど肝《きも》を冷やした。魚は一部分網に入ったが、たちまち跳ね出た。そういう試みが成功につながりそうになると、危険はますます大きくなった。そして、ついに魚の頭ばかりでなく、体の大部分が充分網の中におさまった。私は網を持ち上げた。弱々しい感じで、いまにも壊れそうな音を立てて、柄がたわみ、網が地面をひきずった。私は竿を放り出し、両手で無意識に魚を網ごとひっつかまえて岸に放り上げた。釣り上げるのに半時間もかかった獲物の鮭は、八ポンド一〇オンスあった。肉体的に疲れ果てる理由は何もないのだが、しばらくの間、私は動くことも何もできなかった。力がすっかり抜けてしまい、手足はふるえ、膝ががくがくして歩くのも困難だった。しかし、これこそ魚釣りのもたらす素晴らしい興奮の瞬間なのだ。

誰もが一様に抱いている成功への願いは、釣り人を釣りの次の段階につなげるものである。すなわち、腕をみがくために一生懸命になる段階である。はじめのうちはなんとかして魚を獲れば満足する。洪水の濁り水のときにみみずを使ってでも魚が上がればうれしいのだ。ところが川はいつもそういう状態にはない。シーズン中、魚がよく釣れるのは水が澄んでいる場合が多く、ある一定の季節を除いては、毛鉤釣りがもっとも有効である。だから、この釣り方を覚え、練習によって腕を上げることがわれわれの目的になる。

若い釣り人ははじめは結果だけを問題にするから、釣果によって腕前を評価し、釣果の上がった日は、いままでの自分のレコードと比べたがる。そして、競争意識を出し、自分の魚籠《びく》が、その日同じ釣り場で釣っていた他の釣り人たちのよりも重いかどうかを気にする。自分の魚籠が競争相手に比べて重くさえあればうれしいのだが、その日よい釣りをしたと思ったのに、一日を終えて、誰かほかの釣り人のほうが彼より成績がよかったと知ると、たぶん少なからず落胆するだろう。

誰でも釣りに熱心な者にはかならず強い競争心を持つ時期があるものだが、これを脱け出さないかぎり、その釣り人はまだまだ釣りの醍醐《だいご》味《み》を知る域に達したとは言えない。競争にこだわっていると、得るものよりも失うもののほうが多いのだ。そんなことでは、釣りの魅力のなかで非常に貴重な、超然たる心境や、精神の自由と独立という境地にはとうてい達し得ない。熱心な釣り人は一生懸命釣るにはちがいないが、自他の記録を破ることにこだわるようではいけない。重い魚籠、あるいはもっとも重い魚籠に満足感を味わうのはもちろん結構だが、これを一日の最大の目的にはしたくない。それよりも、その日その日の釣り自体を楽しむようにして、比較にこだわるのはやめたいものである。

自分の釣りの技術が進むとともに、われわれは第三の段階に行き着く。つまり、技術そのものに心を配り、結果にのみとらわれることのない境地である。結果はそれほどでなくとも、釣りのいろいろな動作を適切にすることに満足を感じるに至る。魚の喰いは悪くとも、何回でも長い糸をまっすぐ、軽快に投げつづけられることに満足する。また、むずかしいポイントにいる鱒にたいして、ドライ・フライを間違いなく投げることができたら、たとえその魚が毛鉤を追わなくとも喜びを感じるようになるのだ。

ある程度の成果は、もちろんつねに望ましい。まったく成果もなしに一日中釣って満足する者がいたとしたら、それは見せかけの釣り人にちがいあるまい。しかし、釣果のない時間がある程度つづくにしても、釣り場に出て上手に竿を振るのは楽しい。釣りをする一日のはじめは、特にそうであると言える。竿を出して最初の一時間ばかり、今日は釣果を上げるにちがいないと夢みるだけで、うれしくなるものだ。

釣り人の要件

よい釣り人になるためにもっとも必要な素質は何であろう。彼が熱意をもって釣りを始めたとしよう。彼は魚に喰わせるときの期待に興奮する。この興奮が、成功したいという願いを生む動機となり、釣りの喜びの始まりともなる。しかし、最初の要素というものが往々にしてそうであるように、この熱意と興奮を分析することは不可能である。それでは、彼が腕を上げるために身につけ、育てなければならない他の素質とは何か。彼にはまず一日中かなりの労働に耐え得る体力と、竿と魚を巧みに扱う適応性とが必要だ。とは言っても、もっとも高度な競技で優勝するために欠かせない、並はずれて敏捷な手足、正確な視力、強い体力が要求されるわけではない。ただ、職人が道具や器械を使うときに示す器用さと才能のようなすばやさと手ぎわのよさは竿と糸を扱うのに大切で、釣果につながる。

毛鉤を巧みに飛ばす技術は説明して解るものではない。他人が投げるのを見ることはできるが、それを身につけるためには、たゆまない、秩序立った練習によるほかない。釣り人は意地の悪い風や、一風変わった流れや、時として毛鉤と糸が見せるひねくれた動きにとまどってはいけない。これらは単なる力で克服できるものではなく、力を抑えながら巧みにかわして、それらの悪条件にうち勝つことを覚えなければならない。竿と糸の名手となって、それらに最高の機能を発揮させるためには、落ち着いた、着実な、考えぶかい努力を要する。

毛鉤を適切に投げることは釣りの第一歩であり、絶対に必要だが、それだけでは不充分だ。注意ぶかく観察する習慣が同じくらい重要である。そして、この観察は広く眼くばりの利いたものでなければならない。絶えず魚の動きに注意していなければならず、特に魚の喰いが立っているときと、魚を鉤に掛けたときとがだいじだ。また、天候や水のさまざまな状態と、それらの影響をよく考えることだ。そうしているうちに釣り人は、それぞれの場合にどういうことが起こるか、どう対処したらよいのかについての彼自身の考え方の蓄積を、だんだんと持つようになる。彼が見守り、見出す、さまざまなものごとは、毎年季節ごとに起こり、やがてその意味が解ってきて、経験となり、その結果として対策が浮かんでくる。釣り人の注意力は不毛のものであってはならず、実り豊かなものでなければならない。彼の観察は、釣りに直接結びつく知識を増強すべきだ。彼は何か気がついたら、それに基づいて推理すべきで、さらに観察をつづけ、新しい根拠を見出して、推理を結論に導くことである。

いまわれわれには釣り人に要求される二つのおもな素質が明らかになった――第一は肉体的適性、第二は注意ぶかい、気転の利く精神である。しかし、私が重要と思う第三の素質がある。それは自制である。なぜならば、熱心な釣り人は、釣りを始めた初期には、自分にたいするいろいろな不利なたたかいに遭遇するにちがいないからだ。熱心さの度合が高ければ高いほど、失望の度合もはなはだしいだろうし、興奮による緊張が強ければ強いほど、やりそこなったときの打撃は大きいだろう。しかし、いちばん大きい魚をばらしたからと言って、一日のこれからの楽しみや成果を台なしにしてしまうほど気落ちするのはもったいないことだ。釣りにおいては、興奮をともなう他のすべてのリクリエイションと同じで、われわれは不運な出来事にたいしてすぐに自制し、気を持ち直すようつねに心がけるべきである。そうすれば、成功の喜びを大きくし、失敗の嘆きを小さくすることをだんだんに学ぶことができよう。

釣り人が自制を要するのは、なにも大きな不運の場合のみとはかぎらない。ちょっとしたことで腹の立つことはよくあるが、これに堪えるためにも、釣り人は絶えず自制を要するのだ。こまごましたことがすべて裏目に出るように見えることがある。毛鉤が木の枝など魚以外のものに引っ掛かったり、いざというとき思いがけなく手間どったり、もろもろの障害が生じたり、魚の跳ねがあまり近すぎたり、魚が自然の羽虫《フライ》をがつがつ喰っていながら毛鉤には見向きもしないときがよくある。これらはとかく焦りと腹立ちを誘発し、放置すると、かならず出来の悪い釣りとなって、貧弱な釣果が釣り人をうんざりさせる結果に終わる。

時に応じての、重厚な我慢こそ釣りに要する大切な素質であると言われる。しかし、これは正しくは自制というべきで、もし釣りの成功に欠くことのできないもう一つの素質をあげるとしたら、それは忍耐である。毛鉤釣りでは、精を出してたゆまず努力するかどうかによって、魚籠の中身は大いに違ってくる。毛鉤を一回投げるのに要する体力はわずかなものだとはいえ、片手振りの鱒竿でも八時間みっちり振れば、一日分の重労働になる。

他の競技におけるような肉体的力量と能力を釣りにおいて誇ることはできまいが、他面で、釣りに求められる技はむずかしく、多様で、肉体的活動が頂点に達し、さらにそれが後退してからのちも、技だけは長いこと衰えることなく保ち得る。そのうえ、年とともに観察と反省が、競争に代わって高い地位を占めるようになると、釣りの楽しみはもっと拡がってくる。その範囲はそれぞれの釣り人の性格によると思う。誰もが釣りの与える独立感と孤独感を好むとは言えない。おそらく、これを欠点と考える人びともあろう。また、われわれみなが同じようにそれぞれの季節がもつ魅力と変化、および大自然の美しさに心を引かれるわけでもないし、みなが同じように田園生活に興味を感じるわけでもない。これらに喜びを覚えるということは、人間が心の中に持ち得るもっとも貴重な財産だが、若い頃からこれを見出す者はまれである。少年期にはたぶんこの喜びはまだ目覚めていないだろう。われわれがはじめて釣り竿をにぎる時期に考えるのは、こうした喜びではない。しかし、釣りがわれわれを一年のもっとも素晴らしい季節にもっとも美しい地点へ案内してくれることに気づき、新しい感謝の気持ちと、無上の喜びが心にあふれるときがやがて訪れる。そのときから、われわれの眺めるのはもう川ばかりではない。やがて、その日の美しさ、その場所の美しさに心を奪われるときが来る。それ以来、釣りは美しい連想でいっぱいになるのだ。

美しい草原と木立、水面に映える光、川の流れのささやき……。月日が過ぎ去っても、これらは絶えず眼に浮かんで、われわれを喜びで満たしてくれる。そして、思い出に残る環境の中へ逃げ帰りたいという熱望にわれわれを駆り立てる。そこで、釣りのための暇をつくる。釣りそのもののためでもあるが、それればかりではない。春あるいは夏の美しさを誇っているにちがいない、その選ばれた場所をふたたび訪れずにはいられないからだ。失望を避けるために心に留めておきたいことは、われわれが過労で疲れ切っているとき、大自然にたいしてあまり多くのものを急激に求めないほうがよいということだ。そういう疲れ切ったときには、われわれは調子が悪く、楽しみを求めるよりは休息を求めるほうが向いている。自然の境地にひたるためには、活気にあふれ、柔軟な精神状態になければならない。美しい光景をもの憂い眼で、弱々しく眺めても、何の喜びがあるだろう。大自然にたいしては、友人にたいするのとひとしく、何ももたらさずにすべてを得ることは不可能なのだ。

しかし、もし仕事が興味のあるものであり、荷が重すぎないものであるなら、田園を楽しむためのこよなき前提となる。そういった仕事は人間を活気づけ、われわれが田園への逃避を試みるにおよんで、われわれの機能は充実し、活動的となり、すべての感覚は、都会で見たり、聴いたりできないもの、その他すべての喜びにたいして敏感に働く。そして、われわれの精神は昂揚し、大自然の誇る春のもっとも素晴らしい日々にあっても、そのふさわしい友となり得るのだ。

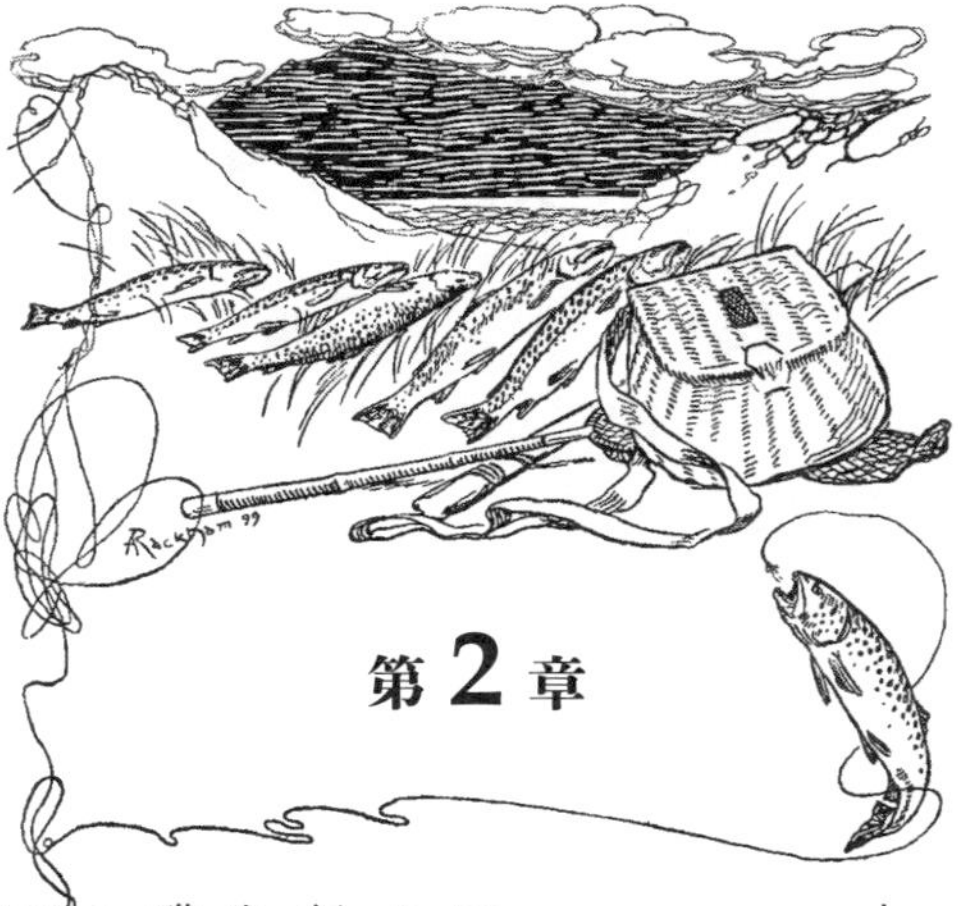

第2章

ドライ・フライ・フィッシング

チョーク・ストリームの鱒釣り

ドライ・フライ・フィッシングの楽しみについて述べようとする試みは、自信をもってできるものではなかろう。この釣りの技術をよく知り、実行できる人は、釣り人として通人のうちの通人である。彼らは釣りの技術と楽しみを素晴らしく優雅な高みにまで高める人たちであり、一日のドライ・フライ・フィッシングのいかなる詳細な描写でも、彼らはつまらないと思うだろう。しかし、彼らほど幸運に恵まれない釣り人たちは、いろいろな事情にはばまれてドライ・フライの使い方を知らず、ドライ・フライにもっとも適した川に来てもこれが使えない。こういう釣り人がたくさんいるばかりではなく、ほとんどの釣り人がそうだと思えるので、私はドライ・フライ・フィッシングにとって典型的な一日一日の釣り日和《びより》、出来事、場所、川、季節などについて述べることに努めよう。私の述べることがらが読者のすでに知りすぎていることでないことを願う。もし私の文章がいくらかでもテスト川、イッチェン川のドライ・フライ・フィッシングにたいし、また、これらの川自体と、岸辺の草生えにたいする私の愛着について伝えることができたとしたら、私の目的は達せられ、願いはかなえられたものと言えよう。

まず季節を取り上げよう。田園と野外の活動をリクリエイションとする人びとにとっては、どの季節にもそれぞれリクリエイションのための条件にかなった面がある。そして、ドライ・フライ・フィッシングを楽しむ人びとにとって条件にかなった季節は、最高のものである。なぜならば、ドライ・フライにもっとも適した季節が、一年中でもっともよい季節だからだ。それは五月と六月で、大自然が素晴らしく、限りない変化に富んだ姿を見せ、われわれが住む世界の美しさを納得させる季節である。

この季節の大自然の魅力は、人によっていろいろな受け止め方がある。田園の家を離れ、かなりの経費をつかって、春の大部分と初夏をロンドンで過ごそうという人たちも少なくない。これに反して、五月と六月を都会に閉じ込められて暮らすことなど災難だとする人びともいる。彼らにとっては、完全に自由と健康を喪失すること以外には、こんなにみじめな不幸はないのだ。しかし、これは季節だけの問題だけではなく、ドライ・フライ・フィッシングを楽しむ場所の魅力の問題が加わる。五、六月のテスト川とイッチェン川の流域は、イギリスで他のどこよりも素晴らしいと言ったら、独りよがりに聞こえるかもしれないが、私はあえて言う、ほんとうにこれに勝るところはない、と。

一年のこの時期にこれらの川で釣る釣り人は、もっとも美しい季節の最高の姿を見ることになる。これは花と希望の時で、いたるところに日々の温かさにこたえる生長が見られ、豊かで、絢爛《けんらん》たる若い生命がわれわれの周囲にあるのを感じさせる。テスト川やイッチェン川の川辺なら、このことは毎年ぜったいに間違いがない。他の地方にはしばしば春の干ばつがある。ハンプシャーの大草原でさえこれは免れない。

しかし、他の河川の水は涸れ、川岸が乾き切っても、ハンプシャーのチョーク・ストリーム[*1]の水はいっぱいで、広い水辺にはさまざまな形と大きさの小川や掘り割りが自由自在に流れ、その流域に豊かな水の恵みをもたらす。したがって、それらの川に向かうとき、川の状態はどうだろうとか、最近の雨でどうなったろうとかいう気づかいはいらない。川は満水で、水は澄んでいるにちがいない。北方の河川はつねに多くの支流から水を供給されている。どの谷間にも小川が流れ下り、強い雨のあとはかならず水かさが増し、奔流《ほんりゅう》となる。しかし、ほんとうのチョーク・ストリームには支流がほとんどない。その上方の谷には川がなく、雨は樹木のない広大な高原に降り注いで、静かに白堊《はくあ》（チョーク）層に吸い込まれてゆく。そして、下のほうの大きい谷のあちらこちらに湧き水として出て、やがて川となり、海に向かう。こういう川を見ながら、私はいつも不思議な感じがする。これらの川はそのときどきの天候にほとんど左右されず、絶えず眼に見えない湧き水に養われて、ときとしては小気味よい速さで流れるが、水車場や大きな水門の近くを除く大部分はゆっくりと流れる。そして、一般の川に比べて、その水はあまりにも清く、澄んでいるのだ。

五月半ば頃の休日、釣り人がテスト川かイッチェン川に行き、この季節の典型的な釣りを一日試みるとしよう。風は西南の微風で、夕立や荒天のおそれはない。ときどき薄雲が流れ、その合間に現われる日の光が、川辺にある美しい林や草原の若葉を照らす。こういう日は暖かい日で、日陰の温度は華氏六三度（約一七度C）くらいになろう。この温度は夏の半ばの平均温度だが、五月の日としては最高であり、釣りにはちょうどよい。

一日のうち、いつかは鱒の跳ねが出ることは、ほとんど確実だ。そして、それが何時頃始まるかを知るのが重要である。私の経験によれば、午前十時前でも跳ねが出ないとは言い切れないが、まず望み薄だろう。十時を回ると、もういつ跳ねが始まっても不思議ではない。もっとも有望な時間は十一時と十二時の間だ。しかし、十二時まで何事も起こらないとしても失望するにはおよばない。こういうよい日に、もし一時になってもまだ跳ねがないとなると、心配になりはじめる。そこで、魚の跳ねを一分間でも見逃すまいと願うのなら、釣り人はいくらかの余裕をもって、九時半には釣り場に着いているほうがよかろう。

もし魚の跳ねる時間についてのこの予測を正しいとするなら、そして、川に来たとき、羽虫も魚も見当たらなかったら、釣り人は少なくとも自分がまだ何も失っていないことに安心し、これからまる一日の釣りが待っているのを思って満足するであろう。彼がすぐにエネルギーを発散したくてしようがないのだったら、中型の翅つきの毛鉤《ハックル・フライ》をつけ、ウェット・フライとして、いちおう水門口あたりの流れの荒いところを探ってみるがよい。しかし、たいしてよい結果はあるまい。かえって川を荒らしてしまうおそれがある。たぶん彼が鉤に掛ける鱒の数よりも、傷つけてばらす数のほうが多いだろうし、たとえ一尾か二尾上がったとしても、型が悪いか、どこか故障のある鱒であろう。

チョーク・ストリームでは、ほんものの跳ねが出る前に、当てずっぽうで竿を振っても成果はおぼつかない。成功しないのを百も承知の上でやってみるにしても、やる以上は結果が出なければ、知らず知らずの間に失望して、やる気をそぐことになる。

私に言わせれば、跳ねが始まるまでは我慢して、やる気を損ねるようなことがあってはならない。五月の好日に、川辺で一時間や二時間待つのはけっして苦にはなるまい。川の周辺の自然の営みに眼をこらし、耳をすますことだ。この間に本を読むのは無理である——絶えず眼が水面に向くのだから。いたずらに川岸を歩いてもむだで、最上の策は、彼が釣るつもりの区間のいちばん下流に行って腰を下ろし、鱒の跳ねの好ポイントとして知られる部分をじっと見つめることだ。

　跳ねがまさに出ようという第一の徴候は水面に浮かぶ幾匹かの羽虫で、たぶんオリヴ・ダン[*2]か、それに似通った種類のものだろう。ふつう、釣り人は魚が喰う前に羽虫のいることに気づくものだが、時によると魚のほうが先を越して、跳ねが始まる。釣り人はいっぺんに緊張する。じつは彼にとってその日の楽しさは、何時間も前、その日がどんな日かを予感したときにすでに始まっている。こんどはとつぜんその楽しさに努力と興奮の喜びが重なる。待機の不安は終わって、行動が始まり、そして抽象的な願望は具体的な期待に昂揚する。しかし、彼はすぐには毛鉤を振り込まず、自分の姿を見せないように、必要なら膝行《しっこう》して、適当な距離まで近寄る。そして、次の跳ねを待つ。毛鉤がわきに引きずられることなく、流れにそって自然に流れてゆくポイントに鱒がいれば、毛鉤にくるはずだ。その後、鱒は水面を流れてくる羽虫を喰うまいと考えるようになるかもしれない。食欲がそれほど旺盛でなくなるかもしれない。自然の羽虫と毛鉤とを識別する勘の鋭いやつがいるかもしれない。いずれにせよ、跳ねの出はじめには、魚は腹がへっていて、あまり警戒しない公算が大きい。最初に掛けた魚の処理が済んだ頃、他の跳ねが容易に見られるはずで、それから次々に跳ねが出て、羽虫がたくさんいれば、五月の川の釣り人は、本流の比較的流れの速い釣り場で、もっともよい状態の鱒を釣り上げるだろう。

はじめの半時間が跳ねの性格、すなわち喰いのいい魚の跳ねか、そうでないかを決める。前者の場合、次の二時間、ドライ・フライを思いどおり正確に跳ねのポイントへ流すことさえできれば、釣り人には一振りごとに喰わせる充分なチャンスがある。もし跳ねが四時間もつづいたら、それはとても長い跳ねで、望外の重い魚籠となるはずだ。私の経験によれば、跳ねの最後の一時間ほど、鱒は非常に気むずかしく、選り好みがはげしくなる。彼らは、まだ餌を喰う場所の水面近くにときどき姿が見えるが、たまにしか羽虫を捕らない。そして、釣り人が飽き飽きするほど毛鉤を投げつづけても、なんら反応はない。かなり暖かい日だと、羽虫の発生は一般に三時か四時には終わる。鱒は姿を消す。釣り人も竿を納めるがよい。運の良し悪しによって、魚籠に数尾の差はできよう。しかし、鱒の釣果が一〇ポンドあったら満足すべきで、一五ポンドなら成績優秀、二〇ポンド以上は例外的成功とすべきである。

テスト川とイッチェン川のそれぞれの部分における鱒の数はその体重に反比例して

いる。これらの川の鱒の数が多きに過ぎず、その平均体重が一ポンド半から二ポンドある場所では、魚は思いのままによく跳ね、よい季節には素晴らしい姿をしている。五月、六月、七月の彼らのよく肥えた体型、輝かしい体色、りっぱな体調は、私がいままで見た川の鱒のどれよりも優れたもので、もし私が北方の川でのみ釣っていたとしたら、とても信じられないような魚だ。

その反面、チョーク・ストリームの鱒は、流れが速くて荒く、岩場が多くて水草のない、ほかの川にいる同じくらいの型の鱒に比べると、たたかう力はそう強くはない。それは南方の鱒は力が弱いというわけではなく、あまりにも水草を気にするからだと思う。鉤に掛かったら、魚はどこかに隠れるよりも、荒々しく死力を尽くして逃げたいだろうが、そのためには、水草の存在と穏やかな水とは適当ではないのだ。ときによると、チョーク・ストリームの鱒でも、鉤をくわえると、他の川の同じ型の鱒のように、その最初の逃走は急激で、荒々しく、強引なことがある。しかし、私の経験では、これはふつうは北方の鱒の場合のことで、南方の鱒の場合は、特にその餌を捕る場所がはるか下流の浅場か水車場の下流の長い放水溝であったり、その棲みかが水門の水受け口か上流の水車場の下であったりするときに起こることである。

こういうポイントで一ポンド半の鱒の最初の疾走《ラッシュ》を制止したときには、リール・ラインがすでにほんの数ヤードしか残っていなかったこともある。しかもリール・ラインは心配になるほど速く、まっすぐに出ていった。去年（一八九八年）のシーズン中に二度もこんな素晴らしい経験をした。最初の経験では、その鱒は二〇ヤードあまり逃走すれば安全圏に行き着けたはずで、ほとんど安全圏に入りかけていた。もしその逃亡に要する距離がわずか二～三ヤード短かったら、はじめの疾走で目的を達していたであろうが、魚は最後の数ヤードを残して、次の逃走のために息を整えねばならなかった。疾走の勢いが一瞬止まり、釣り人とのたたかいがいよいよ始まった。はじめのうちは鱒のほうが形勢有利であったが、私は非常にゆっくり、限度までの圧力を糸にかけて糸を操作した。それは、一フィートごとのやりとりで、たいへんなたたかいだった。そして、魚は前進をはばまれ、その隠れ家を目前にしながら、ついに向きを変えざるを得なくなった。水車場の下流の放水溝にはあまり水草がなく、流れそのものも魚に不利な状態だったので、あとは容易だった。

その次の経験では、結果は異なった。私は浅場を徒渉していて、一尾の鱒の姿を確認できたが、結果的には、どうしても私のものにならなかった。それは淡い色をした魚で、ふんだんに流れてくる羽虫を自由かつ無鉄砲に喰っていて、すぐさま自信をもって私の毛鉤にきた。しかし、このように行動的で無鉄砲な、たやすく鉤に掛かるような鱒は、ひとたび鉤に掛かると、その驚きは他の魚よりも激しく、死にもの狂いになるものだ。私はこのときの鱒の疾走のように急激で、狂気じみたものをいまだかつて見たことがない。

その鱒は棲みかと思える水門の下の淵《ふち》に行き着き、それから、糸を引っ張って荒い本流をぐぐり渦を巻いているもう一つの美しい淵に達した。そのとき、急に魚の感触がなくなり、ばらしたのではないかと私は狼狽《ろうばい》した。なにしろ、水門口からくる幾つかの流れのぶつかり合う中に巻き込まれた糸のふやけたような感じしか手に伝わってこないのだ。とつぜん、鱒は淵の真ん中あたりで水面高く跳躍し、二ポンドに達しないにしても、たしかによく肥えた、非常に強い魚であることを私に示した。私は竿先を上げることができなかったので、鉤素《はりす》に掛かった重圧をゆるめられないまま、流れは毛鉤の切られた無用の糸を水中でむなしく弄《もてあそ》ぶのだった。

一日の釣りとは一日中絶えず釣りつづけることだと思いがちな釣り人たちは、チョーク・ストリームの五月の釣りのように、時によってはじっさい釣る時間をわずか二時間から長くてもせいぜい四〜五時間に限定して、これに集中するようなやり方は、釣りの楽しさを減らすものではないかと問うかもしれない。その問いにたいしては、集中した釣りこそ、集中した楽しさと興奮に結びつくものだと私は答えておこう。とにかく、そういう集中した釣りはなかなかの重労働である。型のよい鱒がたくさんいる釣り場を小さい毛鉤と細い糸とで探り、よい当たりを得たときの気持ちは素晴らしい。すべてが終わるまでには、釣り人はさまざまな、心の躍るような出来事を経験し、それらの経験が釣り人に満ち足りた心を与え、多くの楽しい思い出を残してくれるだろう。

しかし、一日中このような喰いが立ちつづけると、かえってわれわれはこの五月という月のすてきな美しさの多くを見逃すことになりかねまい。五月は見るべきもの、聴くべきものでいっぱいだ。さまざまな樹木のみずみずしい若葉の緑は、どんな季節のどんな葉や花といえども見せ得ない、上品ではかない色である。さらに、五月には素晴らしい花が咲く。特に私の好きな六種類の花があり、それぞれみな人の眼をうばう色で、そのうちの三種類は芳香を放つ。ライラック、さんざし、はりえにしだ、とちのき、きんぐさり、えにしだ、の六種である。これらの花々がおしなべていちばん美しい時期に田園で時を過ごさないのは、退屈な人生と言わざるを得ない。そこで、これらのものを見逃さないためには、五月は少なくとも毎週の一部分を割いて田園に遊び、周囲によく気を配り、眼を山野に向けて逍遥《しょうよう》しなければならない。ドライ・フライ・フィッシングは、これに要する充分な時間を与えてくれる。

五月前半はまた、鳥を知るのにもっとも適当な時期である。夏鳥たちがほとんどみな到着し、すべての鳥がさえずり交わしている。それに、樹木の葉はまだそれほど茂っていないから、灌木《かんぼく》の中にも、樹木の上にも、比較的たやすく鳥類を観察することができる。鳥どもは繁殖期の営みと興奮に活気づいているので、この時期にもっとも人間の眼を引き、耳を傾けさせる。もう少し時期が後れると、まださえずりは充分聴けるものの、樹木の葉が茂って鳥の姿は見にくくなり、鳴き声だけでその種類を判別するのは容易でない。

チョーク・ストリームの五月は釣りに適した月にちがいないが、申しぶんのないドライ・フライ・フィッシングは、六月半ばの好日、メイ・フライの見当たらない水面においてである。[*3] メイ・フライは、はじめは鱒と釣り人を興奮させるが、やがて鱒は飽食して喰い気を失い、しばしば釣り人をがっかりさせる。メイ・フライは素晴らしい餌で、ケネット川のようにこの羽虫が大群で発生する川では、二週間の最高の釣りを楽しむことができるが、六月のその時期、他の多くの川では、メイ・フライの季節はすでにほとんど終わり、メイ・フライはもういくらもいなくなるのだから、そこの鱒が非常に大型であるか、あるいはダンやその他の小さい羽虫が見当たらないような場合を除いては、ふたたびメイ・フライの毛鉤は使いたくない。

都市生活からの脱出

さて、この六月の日の楽しみがいかに大きいかを、ロンドンでの仕事や生活と比較してみよう。ここではロンドンにおける深刻な人間関係とか、そこがどんな重要な仕事の中心になっているかとか、どんな問題が論議され、決定されているかなどについて述べようというのではない。これから書くことは、上記のもろもろの事柄が人の心に与える魅力を否定したり、軽視しようとするものではけっしてない。しかしながら、むし暑い六月の日々のロンドンには、どうにもやり切れない、息苦しい一面がある。建築物の挑戦的な堅苦しさ、舗道の残酷な堅牢さ、太陽のもとにただれるような街のにおい、硬い物質に終日照りつける強い日差し、夜もなお避けることのできない息のつまりそうな暑さなどがそれである。そして、夜風も涼しさをもたらさず、寝室の窓はまるでオーヴンに向かって開いているようだ。

これらの苦難に加えて、最悪なのは、この季節に田園を奪われ、田園から閉め出されているという意識である。もしかしたら、あなたは田舎に庭園をお持ちかもしれない。そのあらゆる細部をあなたはつぶさに覚えているが、ときどきその庭の花や植物がロンドンに住むあなたに届けられるのではなかろうか。あなたはその包みを開き、その花や植物を取り出して、並べてみる。すると、この季節にその庭がどんな姿をしているかが、たちまち思い浮かぶことだろう。五月はぶなの木の若葉と、幾枝かの八重桜《やえざくら》であったが、いまは露地植えの薔薇《ばら》などが咲きはじめ、最近植えた珍しいアイリスの花もおそらく咲きはじめているだろう。あなたの心には、これらのものがみな浮かんでくる。あなたは一本一本の樹、すべての灌木の茂みを知っている。そして、あなたには、送られてきた花や植物が庭のどこで採られたものかがわかる。あなたはその庭の中で、この季節の美しさがどういう姿、形をしているかを知っている。

だが、あなたにとって大切なこれら季節のもののすべてがいまや自分の手の届かないものであること、そして、毎年この季節がくるごとにあらためてそれを見てきた喜びと、過去の歳月の多くの思い出をもたらしてくれたものを、この一年は見失っていたことを、あなたは痛いほど感じる。そして、心中に憤りと後悔の念がこみ上げてくる。仕事の最中はいったんまぎれているかもしれないが、その合間にはいつもこのにがい気持ちが頭をもたげる。街を歩いても、自分がロンドンの雑踏や人びととの生活から仲間外れにされた無名の異邦人のように感じ、島流しの身として、他の人びとが楽しんでいるらしいものを彼らと分かち合うことはできない。仕事がいくら興味のあるものであっても、それだけではこの気持ちは癒《いや》せない。

なぜならば、われわれが理性によって生きるのはほんの一部分にすぎないからである。理性の力によって人生のある満足は充たされるが、同時にわれわれは、感情によって生きている。人びとの性格によっては、野外の活動に抑え切れない魅力を感じ、ロンドンに住むことが大きな犠牲となる。幸いなことに、週末にロンドンを離れることはできる。郷里がなくとも、どこか適当なところへ避暑に行き、この休暇を土曜日には最高のドライ・フライ・フィッシングに結びつけることができる。それができるなら、土曜日から月曜日にかけて脱出したいという期待は、その一週間のあいだ仕事の合間の慰めとなろう。こうした期待はわれわれの心の中で楽しい秘密のようなものにもなり、思いは絶えずそこに引かれる。ラスキン[*4]の言葉を借りれば、「絵画の中の明るい遠景が人の眼を引く」ように、あるいは、風景の中の水の光が人の眼を引くように、である。

もし金曜日の夕方に仕事から解放されるなら、まさしく望外の幸せだが、それほど恵まれていなくて、金曜日の遅くまで仕事があるにしても、土曜、日曜のまる二日間はたっぷり田園で過ごせる。田園に行って、何事をも逃がすことのないように注意さえすれば、やはりわれわれは非常に幸せになれる。イッチェン行き、またはテスト行きの始発列車は、ウォータールー駅を午前六時か、六時少し前に発車する。一週間に一度のことだから、前の晩がいくら遅かったとしても、荷物さえなければ、朝早い列車に間に合うように起きるのはさしてむずかしくはあるまい。毎週、同じところへ行くのなら、荷物などいらない。ところによっては、朝が早くても、数はそう多くないが、馬車がある。しかし、家が遠ければ、最良の計画は、ウォータールー駅の近くに泊まって、駅まで歩いて行くことだ。夏の朝早く、歩いてテムズ川の橋を渡ると、ロンドンもまんざらではないと思うだろう。[*5]そして、詩人のワーズワスがウェストミンスター橋から見た風景を誉めたたえているのもなるほどと理解できるにちがいない。

八時から九時の間に、あなたは列車を降りて、数分後には、あんなに待ちこがれていた風物のさ中に立つ。すべての感覚は機敏になり、すべての香り、眼に入るもの、耳に聴くもののすべてが喜びとなる。あなたは足もとの草に、また、田舎道の柔らかい土にさえ感謝したい気持ちになるのだ。

その日の天候はどうだろう。雲のない、よく晴れた日としよう。最高温度が日陰で華氏七五度（約二四度C）、ウェット・フライ専門の釣り人にとっては、いささか気に入らない日和だが、この季節のドライ・フライ・フィッシングにはけっして悪くない。釣り人は早く朝食をすませて、できるだけ早く釣り場に立つがよい。六月半ばのこのような日には、八時をまわれば、いつでも魚の跳ねは出るはずだ。私には経験がないが、八時以前でも跳ねの出る可能性はあるという。この時期だと、八時から一三時間も日があるのだから、一日の釣りにはたっぷりすぎるくらいだ。そして、魚の跳ねは五月の跳ねとはまったく異なり、もっと長くつづいて、もっと穏やかで、始まりと終わりのは、もじり程度で、はっきり判《わか》らないほどである。

大部分の魚は十時から二時の間に喰いが立ち、最高の跳ねが期待できる。しかし、この時間帯の前と後には、餌につく鱒はそれほど多くないようだ。魚の跳ねが発生する羽虫の量に比例するのはもちろんであり、この季節にはおそらく一日中水面にいくらかのダンを見受けるであろうが、その量は、その羽化《うか》が集中する、もっと早いがもっと水の冷たい時期とは比べものにならない。六月が釣りに適した月であると言うのは、他の月に比べて、一日の釣れる時間が長いからだ。なるほど鱒はそんなにがつがつしてはいないけれども、その反面、またそれだからこそ、羽虫がそう多くないからといって鱒が羽虫の幼虫を追いかけて水中を泳ぎ回ってばかりいるとは考えられない。そこで、満腹しているくせにまだがつがつしている鱒に毛鉤を振り込むより、水面の羽虫を捕えている気むずかしい鱒をねらったほうがよい。このような晴れた暖かい日には、釣り人は水面によく注意し、いつも魚の跳ねを予期しながら、万事できるだけ静かに、あせらずに事を運ぶことだ。鱒は喰い気があるのに、比較的長い合間をおいてしか餌にこないのを釣り人は心得ているはずである。

小さな草生えのすぐ下の、静かな渦のある、水の色の濃くない場所は人気のあるポイントで、こういうところではしばしば魚がよく見える。したがって、晴れた日には、釣り人は跳ねを待つばかりではなく、魚そのものを見つけるべきだ。羽虫をねらって横たわっている数多くの鱒が、じっさい羽虫を捕る前に見つかるものだ。ねらうに値する鱒かどうかを判断するには、水の中にいるその様子を見ればむずかしくはない。水底にじっと、もの憂げに休んでいる鱒と、水面近く構えている鱒とでは、様子がまるで違う。後者には、ちょっとの間かもしれないが、何かしら油断のない、生き生きした気配がうかがえる。

六月の鱒はもっとも体調がよく、もっとも強力なはずで、釣り人は、よく晴れた日、大物がいるとわかっているポイントへ行き、彼の釣りの腕前と細い鈎素で、野心満々、大物に挑戦する。数々の大型の鱒の姿が見え、毛鈎で誘うと喰いついてくるのだが、この時期には水草も魚そのものも頑強だ。二ポンド級の鱒も珍しくはなく、喰いもいいが、長い一日の間には、鈎掛かりした魚をばらすこともかならずある。同時に、非常に運の悪い日でないかぎり、釣り人が勝利に酔うことも少なくない。跳ねがあるか、魚の姿が見えるかするポイントへ毛鈎が水に浮かんで流れてゆき、さあ、大物が喰うぞという瞬間の、わくわくした気持ちは言うに言われない。ねらう鱒が大物で、毛鈎がその一点に届こうとするとき、竿を持つ手に慄《ふる》えのくることがよくある。けっきょく魚が喰わずじまいに終わったとしても、たぶん同じであろう。

鱒の跳ねだけを見た場合と、水中のその動作が見えた場合と、どちらが釣り人の胸を躍らせるかは断言しにくい。鱒の姿が見えないで、自分の毛鈎に跳ねる場合、当たりはより突然である。また、魚が姿を見せているときは、毛鈎に飛びつこうとする準備体勢までよく見えて、釣り人はものすごい期待の一瞬を持つ。次の瞬間、私がいつも感じるのは、魚の最初の疾走がどこで終わるだろうかという不安だ。魚が無計画に疾走を始めた場合にはあまり問題はなく、数秒のうちに釣り人は魚と互角の立場に立ち、一分も過ぎないうちに彼にとって歩《ぶ》のいいたたかいとなることがわかるだろう。

しかし、魚が厳しい目的意識をもってこの疾走を始めたとなると、条件は違ってくる。たとえば、魚が意識的に川岸の下の木の根にもぐり込もうとか、厚い草生えの奥深く逃げ込もうということになると、釣り人は苦闘を覚悟しなければならない。鉤に掛かってから数秒後には、二ポンドかそれ以上の体調の良好な鱒なら、細い鉤素にたいして思いのままに行動するだろう。細い鉤素だけが難点ではなく、鉤が小さいと、リスクが生じる。シーズン初期の薄暗い日だったら、毛鉤はやや大型のオリヴ・ダンで成功するかもしれない。しかし、六月のこの時期には、小さめのレッド・クウィルが最適の毛鉤であろう。小さい毛鉤がよく浮くためには、羽を小さい鉤《フック》に結ばなければならず、小さい鉤で魚をよく持ちこたえるためには、鉤を魚の口のもっとも強じんな部分に掛けなければならない。したがって、釣り人は、鉤掛かりが保たなかったためにときどき大きい魚をばらすことを覚悟しておくべきだ。

魚をばらすことについては、五月より六月のほうが運に頼ることが多い。今日こそは最高の日だと期待していたのに、運が悪くて、かなり貧弱な一日に終わってしまうこともある。好運と悪運は代わる代わる来るものだ。ある真夏の日、小型のレッド・クウィルと細い鉤素を使っていて、最高の運と最悪の運とが交互に来たことを思い出す。そのとき、餌に就いている鱒は多くはなかったし、跳ねも間をおいたものでしかなかった。跳ねを見つけるには忍耐を要し、次の跳ねを待って魚の位置を正確に知るためには、より多くの忍耐を要した。しかし、跳ねや魚の位置がいったん見つかると、どの魚も自信をもって私の毛鉤に喰いついた。しかも、いちばん大きい、いちばん太った鱒ばかりがくるようであった。はじめの七尾が喰った間には、いつばらすだろうかという不安があったのだが、けっきょく七尾とも首尾よく上がった。それぞれ二ポンドを超える魚で、一尾を上げるごとに勝利と成功の感はいよいよ強まり、ついには自分の釣技と好運に自信を持つにいたった。自信に根拠はなかったが、その気持ちを抑えるのは不可能だった。

その後、すべては一転して、さんたんたる結果となった。七尾以上の型のよい鱒を相次いでばらしてしまったのだ。仕掛《タックル》けを切られたり、小さい毛鉤がとつぜん外れたり、水草の中へもぐり込まれて逃げられてしまったりという、さんざんなありさまだった。まったく、いっさいが不満だった。魚の喰いが終わったとき、私の魚籠は重かったが、私は厳しく懲《こ》らしめられたような気持ちになった。そして、運の回り合わせがそう極端ではなく、もっと平均していてほしいと願うのであった。

こういう夏の日の午後二時を回った頃、釣り人は、跳ねている鱒を見つけることがしだいにむずかしくなってきたことを感じるだろう。見つかったとしても、彼の毛鉤にはきそうもない。午後いっぱい懸命に働いたあげく、彼の魚籠に二尾ぐらいの鱒は加えられるかもしれない。しかし、この二尾がはたして二〜三時間にわたって彼が見張ったり、歩いたり、はい回ったり、膝行したりした努力に値するものかどうか、それは彼自身しか評価することはできないのだ。もし彼が二時までに相当の釣果を収め、それから魚の跳ねが活発でなくなったとしたら、しばらく竿を納め、その日のこれからの計画を立て直して、鮮《あたら》しく、気力にあふれ、張りつめた気持ちで夕方の跳ねに備えるがよかろう。

夕方の跳ねに備えるについてやっかいな問題の一つは、夕食の時間をいつにしたらよいかということである。私の経験から、できれば夕食は五時と六時の間がよいと思う。このためには、川の近くに食事のできる所がなければならないし、釣り人は昼食を軽くしておかないと、この時間では早すぎるだろう。イッチェン川とテスト川の谷間には多くの村があり、そこにはかならず宿屋があるから、食事の心配はない。夕食がすめば、六月の日没までの長い時間を、釣り人は完全に自由な、体力の回復した、ゆったりした気持ちで楽しむことができる。とにかく空腹だったり、食事のことが気になったりしていると、釣りのさまたげとなる。

夕方の釣り

じつを言うと、午前の跳ねに比べて、私は夕方の跳ねをそうおもしろいとは思わない。これには幾つかの理由がある。第一に、夕方の跳ねの終わりはだいたい決まっている。跳ねの始まるのがしばしば八時近くになってからであり、明るいのはせいぜいあと一時間ぐらいだ。朝の跳ねの魅力といえば、それが限りなく長くつづくかもしれないという期待感である。じっさいはその跳ねが短時間で終わるにしても、あるいは何時間もつづくにしても、はじめにはその可能性は未知の期待なのだ。夕方の跳ねにはこういうところはない。それどころか、時間がないのだから、あなたはなんとなく気ぜわしい思いをするだろう。跳ねた鱒があなたの毛鉤にこないと、その魚を引きつづきねらうべきか、それとも他の鱒を攻めるほうがよいのか迷って、あなたはそわそわしはじめる。そして、半時間がいたずらに過ぎ、今夕の釣りがまったくの「坊主」(釣果なし)に終わるのではないかという不安が生まれてくる。

つましい、心配性のある奥さんの話がある。月曜日になると、彼女は朝早くから家中の者を呼び起こす。「さ、起きるんだよ！　すぐ起きるんだよ！　今日は月曜日、明日は火曜、次は水曜日だよ！　半週間がたっちまったのに、まだ仕事はなんにもできてやしないんだから！」。夕方の跳ねで、早いところ魚がこないと、この種のいらいらした心配にとらわれる。完全な失敗の予感がする。時間がほんとうに短いのだ。跳ねは始まったかと思うと、すぐ終わってしまう。だから、はじめのうちの失敗が今夕の「まる坊主」の前兆のように思えるのだ。

夕方の跳ねは、見かけはとてもよい。数多くの鱒がひんぱんに、絶えまなく、自信ありげに跳ねている。しかし、いざ釣り人が挑戦してみると、これがだめなのだ。毛鉤がポイントを通るやいなや、鱒の跳ねがぱったり止まる夕方がある。そうかと思うと、魚は引きつづきのびのびと跳ねるのだが、自然の羽虫しか喰わず、毛鉤には見向きもしないこともある。こんなとき、釣り人はなんとかして釣ろうという努力と、毛鉤を取り替えることに追われて、疲れ果ててしまう。いくら骨を折っても、やがて、一日の終わりが近づきつつあるのを意識するばかりだ。

しかし、夕方の釣りがいつもこんなふうに釣り人を失望させるとはかぎらない。六月の穏やかで、暖かい夕方は、われわれにもいくらかの成果が期待できる。六時以後なら、いたってもの静かで控えめに跳ねている何尾かの鱒が見られよう。釣り人はたぶん、これらの鱒の喰いが朝方のと同じでないことに気がつくだろう。同じ魚かもしれないが、その様子や動作は違う。彼らは何かごく小さい羽虫を喰っているようで、すこぶるおびえやすく、たとえ毛鉤を追うにしても、口にはくわえないことがよくある。しかし、とにかく餌に就いていることは確かなのだから、ねらってみる価値はある。もし釣り人が八時以前にこれらの鱒を一～二尾でも上げたら、よくやったというべきだ。

八時を過ぎると、いよいよ本格的な夕方の跳ねが始まる。これは一日の他のいかなる時間帯の跳ねよりも多く出る。そして、日光が弱くなるにつれて、魚に近づくことが容易になり、毛鉤を喰わせる可能性が大きくなる。だが、私の経験では、万事うまくいったと思える夕釣りの成功は、まれにしかない。ときによると、五〜六尾ないしそれ以上のよい型の鱒を上げることはある。しかし、毛鉤に届かないような鱒の跳ねが多いせいか、もしくは釣り人がいたずらに多くの時を強情な鱒一尾のために費やすためか、せっかく成功を目前にしながら、失敗の憂き目を見ることのほうが多いようだ。

　夕方の釣りを何時頃まで引き延ばすべきかは、釣り人によって意見が異なる。いずれにせよ、よいドライ・フライ・フィッシングの楽しめる川では、大型のウェット・フライを使っての夜釣りは許されるべきでない。昼間なら素晴らしい釣りを楽しませてくれるにちがいない鱒を、夜闇に乗じて太い鉤素で川から引っ張り上げるなどというのは、情ない趣味だ。暗くなる前の半時間は、魚の跳ねはかろうじて見えるが、自分の毛鉤は見えない。こういう条件の場合は、毛鉤を正確に魚のいる場所へ流すのに技術と判断力を要する。

　この半時間に、巧みな釣り人はセッジ[*6]のドライ・フライで二〜三尾の好い型の鱒を期待してよかろう。これはまったく非難する余地のない釣り方だが、もっと明るいときのもっと繊細な釣りのような興趣はない。これにも技術は必要だが、いかにも不器用な釣り方だ。釣り人は跳ねを見て鉤合わせをするものだが、この時間帯では、魚が自分の毛鉤にきたのかどうかを眼で確かめることができない。だから、鉤素はふだんより太くしてもよかろう。いや、じじつ太くする必要がある。なぜなら、鱒が鉤掛かりしたとき、釣り人はその魚が何をしているのかわからないし、昼間の釣りのように魚の動きに応じて、やりとりする力を調節することがよくできないからだ。要するに、魚が鉤に掛かる前後のすべての様子が釣り人には見えないので、魚を上げるためには、技術に頼るよりも、けっきょくは力に頼らざるを得なくなる。これは大いに釣りの興味をそこなう。

もしその日すでによい釣果を収めている場合は、私なら最後の一～二尾の鱒は、おもしろ味の少ない状況のもとで命を奪うよりも、むしろ魚籠に収めずにおきたい。しかし、一日中まったく運がつかなかったり、鱒が特に手に負えない手合いで、釣り人をばかにしっぱなしだったり、あるいはまた跳ねを見せるのをこばみつづけたりしていた場合は、最後の薄明の半時間、セッジの毛鉤が鱒どもに復讐する好機を釣り人に与えてくれるだろう。かなりの釣果を収めた日なら、水面を流れる中型のクウィル・ナットの毛鉤が適当な距離から見えなくなった時点で竿をしまうのがよいと思う。

六月の暖かい、晴れわたった日、満足な釣果を上げたあとの夕方は、まことに気持ちのよいものだ。釣り人がよい釣り場で、日中に五～六尾、夕方に二～三尾の鱒を釣り上げたとしよう。彼は興趣と興奮をたっぷり経験したことだろう。不安と失望の瞬間もあったにちがいない。一日が終わったとき、これらすべてが実をむすんだ努力の喜びにあふれた満足の気持ちにつながるものだろう。この一日の間に経験したいくつかの成功と、いくつかのはらはらした場面の思い出は、その後くり返しくり返し、おのずから彼の脳裡に浮かんでくるはずだ。いくつかの出来事は彼の心に焼きつけられ、具体的に経験したことや見たことだけではなく、自分のそのときの感じまではっきり想い起こすことができる。

その夕方、彼の思いは釣りのことに限らず、彼が過ごした一日をつつんでいた環境にまでおよぶ。釣りの興奮にかまけて、いかに多くのものを見逃したかを思うと私は恥ずかしくなるのだが、それでも光や、色や、周囲の風物についての大体の印象はけっして失せてはいない。そのときすぐ気がついたものごともあり、無意識のうちに心にしみ込んでいて、一日の終わりに不意に気がつくこともあるが、これはそのときぼんやりしていた者には受け取る資格がないほどのありがたい賜物《たまもの》だ。

五月は新鮮な若葉と、色のさえた下生えの月だが、六月は浅場の草生えが美しく光る月である。野生のアイリスの黄色い花、暴れん坊の駒鳥《こまどり》たち、そして、忘れな草が荒れた湿地を陽気にし、水草の中を流れる小川の澄んだ水は日の光に輝く。六月に花の咲く灌木のうちの二つはあまりにもありふれた種類で、どこでも眼に触れ、まるでこの月は自分のものだと言いたげな様子をしている。一つは野ばらで、もう一つはにわとこだが、両者の間にはいちじるしい相違がある。もっとも普通の種類の野ばらは、その棘《とげ》にもかかわらず、すべての灌木のなかで、たしかにもっとも優美だ。花の香り、色、姿などすべてがきわめて上品で、野ばらの長い枝が花をいっぱいつけた優雅さは他に比類なく、人の眼をうばう。にわとこは私のあまり好きな木ではない。近寄って見ると、その茂みにはなんとなく冴《さ》えない固さがあり、葉と花の色、そして香りには、重苦しい無気力さを感じる。しかし、遠くから見たにわとこの花の群れは泡《あわ》のような美しさで、それはそれなりに最善を尽くして、この季節の名を辱《はずかし》めないために努めているように思える。

日差しは夏の半ばのように強いが、六月の前半には、すべてが若く、新鮮で、生き生きしている。鳥たちはまださえずりつづけている。その一〜二週間は、あたかも春と夏の最高のもの、暖かさと歌声が、絢爛さと新鮮さが、あまりにも豊かに放出され、圧倒されるほどだ。幸福感が心の杯に満ち、そしてあふれ出る。これこそ、もろもろの音がとだえて夜のしじまが歩みよる中での、また、夕暮れの大気がかもし出す安らかな雰囲気を心から喜ぶ中での、その日最後の感慨であろう。

六月が終わりに近づく頃から七月いっぱいにわたって、日なかの跳ねははっきりしない、弱々しいものになる。七月には、ドライ・フライの釣り人が釣りそのものよりも、水面を見守って待つことに時間をかける日が多くなる。日中でもっとも釣りの好機は、午前十時から午後一時までの間に来るだろう。彼は魚籠が軽くなることを覚悟してかからなければならないが、それでも、七月の朝方、鱒があちこちで、ゆっくり、静かに就餌しているのが見られるし、もしレッド・クウィル・ナットの毛鉤で巧く誘うことができれば、その鱒をものにすることができよう。七月は朝のうちの釣果が予想外によく、魚籠の重さも、それぞれの魚の型や状態も、他の月の最上の日々に劣らないような幾日かをこの月に私は経験したことがある。

八月には、日なかの釣果がもっとも早い月々と比べてまあまあ引けをとらないほどだったことがたった一度だけある。しかし、この月の鱒の状態はどうしても見劣りがするように思われる。九月のドライ・フライの川については、私はこれまで経験がない。これについて書いている釣り人たちの意見は、鱒の跳ねがむしろよいほうだということ、魚の体調が衰えているということ、そして、釣り上げられる雌魚の比率があまりにも高いということなどの点で、あまねく一致している。

第3章

ドライ・フライ・フィッシング（続）

カースティング

ドライ・フライ・フィッシングの技術を学びたい釣り人はF・M・ハーフォード[*1]の『ドライ・フライ・フィッシングの理論と実際』のような本を読んで研究するのがよい。私は自分でハーフォードの著書に載っているような値打のある、完璧な教え方ができると思うほどうぬぼれてはいない。ましてや彼の言っていることを改善しようなどとは思ってもいない。しかし、釣りも、釣り人たちもほんとうにさまざまで、個人個人の経験の記録にはそれぞれ何かしら新しいもの、他人にとって興味のあるもの、参考になり、役に立つものさえある。

ドライ・フライ・フィッシングのむずかしさはわれわれすべてに共通だが、みなが同じように困難に対処しはしない。われわれは自分自身のいろいろな実験をしてみる。そして、何年か経験を積むと、それぞれ自信をもって実践するに足る結論の蓄えができる。他の釣り人にはばからしいとみえるものもあろうが、何年かにわたって試み、ある程度の成功を収めたものであれば、書きとめておく価値がある。

私自身、経験をもとにして、多くの理論を頭の中で組み立ててみたけれども、その後の新しい経験にくつがえされるものが多い。そこで、誰も他人から意見を押しつけられてはいけないと思う。ただし、他人の意見であっても、自分自身の経験がそれを裏づけるのなら、受け入れても不思議はない。

釣りに関する理論で私が完全に自信を持てるものがたった一つある——釣りについて何を言うにしても、「つねに……である」、「けっして……ではない」という二つの言葉はまったく的外れだということである。鱒どもはこのように決めつける二つの言葉をやっつけるのを目的としているように思える。

釣り人のまえには、三つの連続した目的がある——最初に、鱒を自分の毛鉤に跳ねさせること、次に、鱒を鉤に掛けること、三番目に、それを釣り上げること、である。いずれも欠かせないが、最初の目的がもっとも重要で、ドライ・フライ・フィッシングにおいてはもっとも興味がある。この第一の目的を達するためには、釣り人は次の二つのことを確かめなければならない――㈠彼の毛鉤が、形も姿勢も動きも、自然の羽虫にそっくりのように鱒の眼に見えること、㈡毛鉤以外には、釣り人の姿も、他のすべての釣り具も何も鱒の眼に入らないようにすること、である。つまり、他の何も鱒に気づかせずに、毛鉤だけを気づかせる努力が大切なのだ。この点にこそドライ・フライ・フィッシングの芸術は存在する。毛鉤は小さく、見分け難いほどのものであり、釣り具をたずさえた釣り人の姿は、大きく、目立ちすぎるほどのものだが、釣り人は見分け難いものを目立たせ、目立ちすぎるものを隠さなくてはならないのである。

しかし、これではまだむずかしさの半分も説明できていない。なぜなら、そんなに小さい毛鉤の鉤は羽の部分に隠されていなければならないばかりではなく、羽の部分に重みが支えられて、水面を不自然さのないように流れなければならない。鉤の重みでくたびれたかのように横たわっている毛鉤は、きちんとまっすぐに立っているのに比べると、まるで魅力がない。要するに、毛鉤は快活で、明るく、すこぶる上機嫌であるかのごとく水面を流れなければならない――本物の羽虫は見たところ陽気な、気軽な様子なのだから。そのうえまだ注意すべきことがある。それは、ある程度目方のある釣り糸、しかもその何ヤードかは水面に浮いている釣り糸に結ばれていないかのように、毛鉤が流れなければならないということだ。もう一つ付け加えたいのは、毛鉤を完全な正確さで、数瞬まえに鱒の跳ねた一点へ正確に流し込むということである。ドライ・フライの優良な釣り場では、少しでもけげんなふしがあると、鱒はたちまち気づいてしまうのだから、釣り人はこれまで述べたあらゆる点に充分気を配ってかかりたい。

鱒の跳ねる位置はだいたい二つに分けられる。第一の部類は、釣り人の立っている川岸の真下か、その近くであり、第二は川の真ん中あたりから向こう岸までの間である。ただし、非常に狭い川だったら、すべて第一の部類に入る。鱒が釣り人の真下かその近くにいると、どうしても毛鉤より先に鉤素を魚に見られやすい。水中の鱒がはっきりと見える場合、理論上は、毛鉤をまっすぐにその鼻先に落として、鱒が毛鉤以外には何も気がつかないようにできるはずなのだが、実際にそれが可能かどうかは疑わしい。なにしろ、何百分の一インチが問題なのだから。

そこで、釣り人は鉤素が先に魚の上を通過するのは避けられないものと覚悟して、対策を立てるのがよい。もし鱒の跳ねている場所が岸のごく近くで、すぐ上流だとしたら、魚のほんの数インチ上手に落とすのがよいと思う。その際、鉤素は水面を流れなければならないが、毛鉤は魚の真上に落とさなければならない場合がある。これをするには、ごく細い鉤素を使うべきである。ときによると、毛鉤が着水した瞬間に鱒が誘われることもある。しかし私としては、概して、毛鉤を魚のあまり近くに投げることには賛成しない。毛鉤をいかに軽くカーストしても、魚がすぐには気づかずにいて、毛鉤が水面で不自然な動きをせず、魚のいるところへ流れ着いたときにはじめて気づかれるほうが好ましい。

鱒が岸の真下ではなく、ほんのわずか離れた場所にいる場合は、毛鉤を一ヤード余り魚の上流に投げるとよい。ときによっては、二ヤード上流でもかまわない。釣り糸を竿先から斜めに傾けて鱒の上手にカーストすれば、鉤素はその鼻先のあまり近くには落ちないですむのだ。これらすべてにいくら気を配っても、鱒が鉤素に気づき、敬遠する日がある。そんなときは、最後の手段として、釣り人は毛鉤を下流に向かって流してみることだ。この特別の方法については、まるまる一章分を費やしてもいいかもしれない。とにかくまず、みっともないように見える、たるんだカーストをすることだ。そうすると、毛鉤は楽々と自由に着水し、魚のいる方向へまっすぐ流れてゆく。そこで釣り人は竿先を下げ、できるだけ低い姿勢で岸ぞいに下り、釣り糸をゆるやかに流して、毛鉤を引きずることのないよう最大の努力をかたむけなければならない。すべてがこのとおり巧くゆけば、魚が毛鉤にくる可能性は充分あるが、同時に、鉤合わせとともに、鉤掛かりしないまま鉤を魚の口からまっすぐに引き上げてしまう危険性もある。非常におくびょうな鱒をときどきこうしたやり方で捕えることもあるが、最初のカーストにはこないことも多い。あるいは、毛鉤がまっすぐ魚のいるところへ流れてゆかずに、横にそれてしまうこともあり、そんなときは、それでおしまいだ。ひとたび毛鉤が鱒の背後を通り過ぎたら、釣り人にはもう何もできず、毛鉤と鉤素をもっとも不自然な様子で上流へ引き戻し、鱒をおびえさせるばかりだ。この方法は、釣り人のまっすぐ下流で跳ねている鱒にのみ適用できる。

下流にいるその他の魚にたいしては、この方法にいろいろの修正を加えれば、もっと有効に使えるのだが、この方法はあまりにも軽視されていると思う。毛鉤を下流へ流す方法は、欠点はあるものの、明らかに有利な点があることも確かだ。魚が鉤素より先に毛鉤を見るという点である。釣り人が向こう岸の下か、あるいはかなり幅の広い川岸から遠くにいる魚をねらってカーストする場合は、できるだけ多くこの方法によるべきである。できるだけ岸の奥のほうに引き退ってひざまずけば、釣り人は魚を脅かすことなく、それに向かい合うか、ほとんど向かい合うに近い位置につくことができる。そこで、毛鉤から一フィート余りの鉤素だけが下流へカーヴしてゆき、釣り糸の本体は直線あるいは上流に向かってふくらんだカーヴをえがいて流れを横切るようにカーストすることができれば、釣り人は毛鉤を下流へ流す方法の有効な点のいくつかを同時に生かし、かつ、そのいろいろな欠点を防ぐことになる。

こういうカーストがいつも確実にできるとは言えないが、下流へ向かって弱い風が吹いているときは特に、意外なほど成功する。イッチェン川のあるポイントを私は知っているが、そこでは対岸の下でよい型の鱒がたえず跳ねている。だからこのポイントは、この辺りで釣る人びとの注目の的になっている。ここの流れはゆっくりと穏やかで、魚は非常におくびょうだ。したがって、魚を散らすことなしにカーストするのはとてもむずかしい。このポイントで気がついたのは、条件さえよければ、私が述べてきた方法で魚を毛鉤に跳ねさせる可能性が、大いに増すということである。また、夏の静かな日には、他のどんな方法によっても、ここの魚を毛鉤に誘うことはまずできないということだ。

毛鉤の選択

毛鉤の選択は時間的にはカーストに先行するが、重要性から言えば、カーストが第一である。まちがった毛鉤をほんとうに巧く振り込んで流すほうが、正しい毛鉤でぶざまな振り込みをやるよりはましだ。おおかたの釣り人たちと同様に、私も実際に使うよりもずっと多くの種類の毛鉤を携帯するが、シーズンが重なるにつれて、その数は増えるのではなく、むしろ減ってゆく。正直のところ、四種類で満足すべきだと思う。ただし、特定の釣り場と、例外的な場合に必要なメイ・フライとセッジ・フライの毛鉤を除いての話だ。五月には、中間色のオリヴ・クウィル・ナットと、アイアン・ブルーがよい。前者は一般的に使われる毛鉤だが、後者もなくてはならない。もし跳ねの出ている五月の鱒がオリヴ・クウィルにこないとなると、その他の毛鉤を使っても釣り人はだいたい大きな成果を上げることはできまい。鱒が満腹しているか、あるいは何か異常な疑念に駆られていると思えばよい。しかし、本物のアイアン・ブルーが水面にやって来て、他の羽虫を見向きもしない鱒がこの羽虫に飛びつくことがある。こういうとき、釣り人はこの羽虫の存在にすぐ気がついて、毛鉤をアイアン・ブルーに替えるだろう。ときによっては、鱒がはじめは何種類かのオリヴに跳ね、あとでアイアン・ブルーが姿を現わすことがある。そういうことがあった日々のことを私は覚えている。跳ねが出て、はじめの一時間ほどはオリヴ鉤が充分満足な成績をあげていたが、そのうちにアイアン・ブルーが姿を見せはじめると、オリヴ鉤はもう使えず、つけ替えたアイアン・ブルー鉤がうまくいった。水面には、生きているアイアン・ブルーとともに生きているオリヴ・ダンも数多く流れつづけていたのだが……。

五月の末から六月になると、レッド・クウィルがそれ以上に効率高い毛鉤となる。それも、大型でも小型でもなく、中型のものが最上である。鱒にはなるべく小さい毛鉤を好む傾向があり、夏の暑い日に鱒の食欲が衰えたら、極小のレッド・クウィルがいい。極小といっても、一般に釣り具屋で売っている極小の毛鉤ではなく、もっとも小さい鉤に特別に巻かせた特小の毛鉤が、鱒にはもっとも魅力があるのだ。この型の

DRY FLIES.

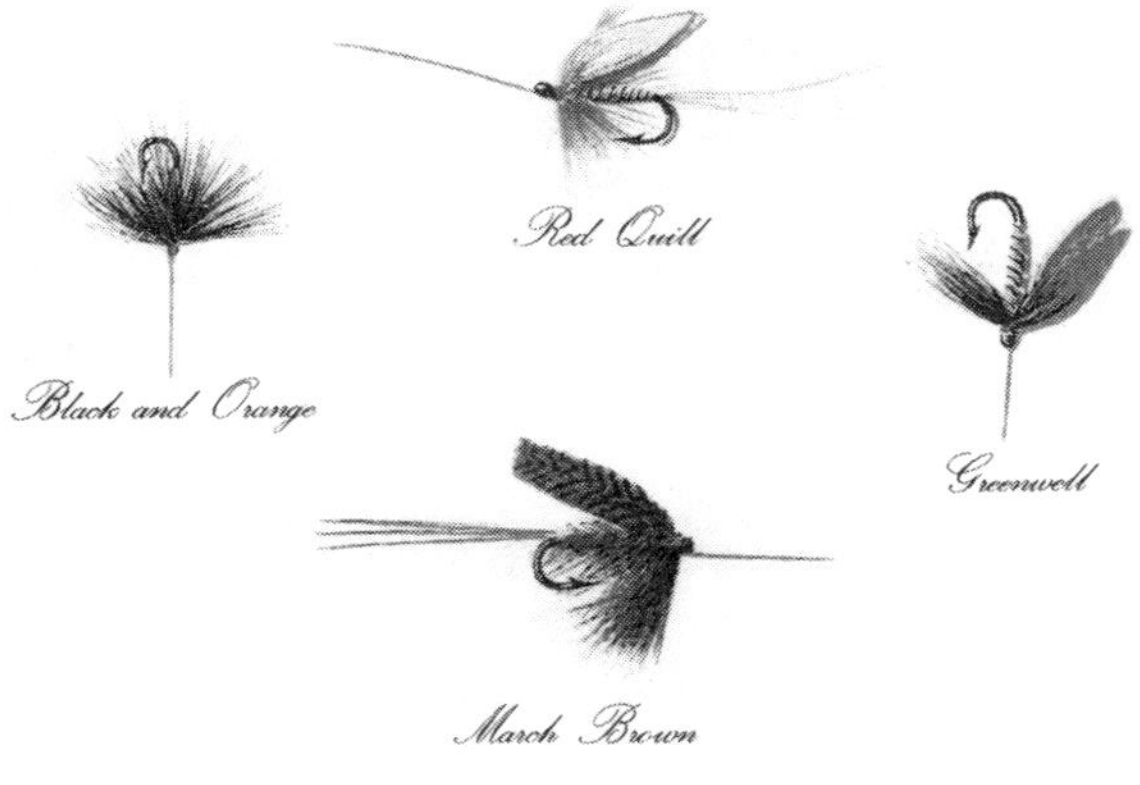

WET FLIES.

毛鉤は一ポンドから一ポンド半までの鱒にたいしては非常によく働くのだが、大型の強い魚を持ちこたえるのには小さすぎる。こういう極小の毛鉤を使うと、せっかく鉤に掛けた魚も、釣り上げるより釣り落とすほうがずっと多くなる。中型の毛鉤を使うと喰わせる魚の数は少ないだろうが、せっかく鉤に掛かったりっぱな魚をおびえさせたり、傷つけて、ばらすよりははるかによい。あのやっかいな小さい昆虫「カース」に似せて作った擬餌鉤《ぎじばり》にたいしても同様の異議がある。

第四の種類の毛鉤は単純なブラック・ハックルで、ダンの毛鉤と同じサイズの鉤に鳥の首の部分の柔らかい黒毛を巻いたものだ。がんこな鱒にたいしては、いつでもこの毛鉤は試みる価値がある。季節を問わず、この毛鉤で二〜三尾の鱒を上げた日は少なくない。翅《はね》つきの毛鉤では釣れなかったにちがいない、と私は確信している。

このブラック・ハックルの毛鉤へ鱒が次々にくることがある。一八九四年六月十六日の夕方のことを私はよく覚えている。その日の日なかは、レッド・クウィルの毛鉤がよく働いた。私は午後二時頃にいちおう引き上げて、六時頃同じ釣り場に戻った。魚の跳ねがまだ出てはいたが、それはまったく静かな跳ねでしかなく、日なかに鱒があんなによく追っていたレッド・クウィルの毛鉤をがんこに無視しつづけた。そこで、ブラック・ハックルを水面に流してみると、六尾が上がった。毎夕この毛鉤で同じような釣果を収めることはもちろん期待できないが、六時から八時の間に鱒が夕方特有の静かな跳ね方をしているとき、ブラック・ハックルのドライ・フライが他のどんな毛鉤よりも有効だった経験は少なくない。

一八九二年七月十六日に、私はこの毛鉤で珍しい経験をした。朝方の跳ねはほとんど出なかった。何尾かの魚は見えたが、一〇分間に一度跳ねるくらいだったから、ドライ・フライでの釣りはとぎれとぎれで、午後一時まではなにも上がらなかった。もう何をしてもだめだと思って、私はぼんやりと水を眺めながら坐っていた。私の前で、川はかなり広く、ところによってはなめらかに流れ、またあちこちにさざ波の立つ流れもあった。ほかの川のことや、鮭釣りのことなどが頭に浮かんできて、しまいにはまったく絶望と退屈の末、ウェット・フライを使って、鮭釣りで言うように、眼の前にある水面を「流し戻して」みようと思いついた。

北部の地方で愛用されるブラック・ハックルを選び、鮭釣りの毛鉤のように使った。すなわち、毛鉤を一定の角度で流れの斜め下手に向かってカーストし、流れの作用で毛鉤が弧をえがいて、自分の立っている岸に寄ってくるまで、静かに移動させつづけるのだ。鱒はまるで鮭のような喰い方をした。あるときは水中で、あるときはもじって、また、あるときは勢いよく飛びついて喰った。そして、喰うのはほとんどいつも、毛鉤が流れの真ん中にあるときか、毛鉤が弧をえがいて私の真下近くまで来たときだった。鉤にきた鱒はしっかりと鉤掛かりしていて、釣り落としたり、鉤で傷つけたりした鱒はほとんどなかった。ときどきぽつんとした跳ねが私の少し下流に出て、そこに届いたブラック・ハックルのウェット・フライに、ほとんど例外なく喰いついた。三時にはすでに六尾の鱒を上げ、夕方の跳ねには同じやり方で、さらに四尾を加えた。

べつにふだんと違った天候ではなく、夏のふつうの晴れた日で、そよ風が吹き、ちょっと雲がかかって、雲の合間に日差しの照る日であった。この方法が功を奏した川の区域は、水門下の水受け口のような特殊な場所ではなく、水が澄んで安定した、平坦に流れている釣り場で、釣り人の釣り慣れたイッチェン川の一区域である。この釣り方は素晴らしい発見と思えるが、今後これを節度をもって使うことはむずかしいかもしれない。釣り人たちは、楽観的で、思わぬ成功が自信につながりやすいのだ。だから彼らは私のこの単純さに同情してくれるだろう。その後、私はたびたびこの毛鉤を、同じ方法で、同じ釣り場で、同じシーズンのいろいろな時間帯に使ってみたが、同じような成果は二度と得られなかった。例年の降雨量の不足がおさまり、息苦しい干ばつが終わって、夏の半ば、チョーク・ストリームが力強く豊かに流れ、水が川岸の草生えをおおうような季節になれば、いつかはまた一八九二年七月十六日のような運のよい日に巡り会うこともたぶんあるだろう。しかし、現在のところ、ブラック・ハックルをウェット・フライとしてチョーク・ストリームで使うことはやめている。それは、この毛鉤があまり多くの鱒を捕えるからではなく、いまはほとんど捕えないからだ。あの日のことは、驚くべき、たった一度の成果として私の頭の中に記録されている。

鉤合わせ

　浮かんでいる毛鉤をねらって跳ねた鱒を鉤に掛けるためには、鉤合わせをすることが必要だ。理由は簡単で、釣り糸がたるんだままでは魚は鉤に掛からないからである。その一方、ドライ・フライを自然なかたちで流すためには、釣り糸にある程度のたるみを与えなければならないのだ。たとえ糸が水面をまっすぐ伸びていても、浮かんでいるドライ・フライは、ウェット・フライとはちがって、直接竿先に触覚を伝えてこない。ウェット・フライの場合は、水中で流れに引っ張られるか、あるいは伸びている糸の先端で流れにつれて動き回っているので、魚の当たりを竿先に直接伝えてよこす。

　鱒が毛鉤にくる様子については、あたかも水底から突進してきて毛鉤をくわえ、急転して下方に向かうとき、自分の目方によって鉤に掛かるかのように書かれていることがある。これは水中で動くウェット・フライの場合であろう。チョーク・ストリームの大型の鱒が就餌するときの常態ではない。魚は水面近くにいて、好んで自分の真上を流れる羽虫を捕る。なるべく骨を折らず、位置も変えずに餌を捕る。しばしば口の先だけを水面に出し、ほんの唇のはしで餌をくわえ、それが期待どおりのものでないと、すぐに吐き出してしまう。したがって、定説とはちがうのだが、私は魚が毛鉤にきたのを見たら、即座にすばやく合わせるのがよいと思う。いかなる場合でも、合わせが利くまでに、糸のたるみを処理するためのほんのわずかな合間がある。カーストのやり方や、川の流れぐあいによっては、その瞬間に、水面あるいは水中の糸がまっすぐでないことがよくあるので、ふつうの合間は短すぎるよりもむしろ長すぎるものだ。

すでに釣りのにがい教訓を得ていると考えられる大型の鱒の喰いはしばしば非常に注意ぶかく、毛鉤にくるのも慎重なので、釣り人が鉤に掛ける可能性はけっして大きくはない。可能性のあるときといえば、魚の唇が毛鉤をくわえ持った、その一瞬だけである。自分の釣り上げた大型の鱒は、ほんの口のはしにちょっとしか鉤が掛かっていなかったということに釣り人はみな気づいたことだろう。

水中に魚が見えるとき、私は毛鉤をくわえさせておいて、わざと鉤合わせをしないことがある。それから魚がどういう態度に出るかを見たいからで、結果は次のとおりだった。小型の無邪気な鱒は、ときによると、自信をもって一気に毛鉤を捕え、のちに水中でそれを吐き出すのに一苦労している様子だったが、大型の鱒は一瞬のうちにそれを吐き出してしまった。しかしながら、水中の鱒の動きを見守ることができるときは、鉤合わせが早すぎないように充分の用心が必要だ。鱒が近づき、口を開けば、これは毛鉤にくる確かな前兆にはちがいないが、実際にもう毛鉤にきたものと早合点してかかると、鱒には逃げられ、おそらくおびえさせてしまうことになろう。

　鉤合わせの技術は、最大の機敏さと判断力を要し、これに柔軟さを加味しなければならない。私自身としては、リール[*3]による抵抗調節の機能にのみ頼って鉤合わせをするよりも、糸を手で抑えてやるほうを好む。もっと若くて、興奮しやすかった頃はともかく、いまの私は、合わせを強すぎないようにするのに、たいして苦労はしない。合わせが強すぎたために型のよい鱒をばらすくらい腹の立つことはない。合わせが強すぎると、魚は驚き恐れて、もうれつな跳躍をやる。そうすると、魚がばかに大きく思えて、これをばらした釣り人はにがい自責の念から、気分的に参ってしまう。

　鉤素が切れるのはたいてい毛鉤の結び目の個所で、この不幸を招かないためには二つの予防策があり、釣り人はみなこれを心に充分刻み込んでおくとよい。第一は、一日のはじめばかりでなく、新しく毛鉤をつけるたびに、鉤素の先をよく水で濡らしておくことだ。これをしないと、じょうぶな結び目は作れない。第二は、鉤素の毛鉤のすぐ上の部分をときどきよく調べてみることである。細い鉤素は絶えずぱちっと振り込まれるのだから、いくら小さい毛鉤が結ばれているにしろ、遅かれ早かれいたんでくる。たった五分間で頼りにならなくなることさえあるし、また、長い間傷つかずに保つこともある。

鉤素が保つ時間は、釣り人のカースティングの仕方と、毛鉤の振り乾かし方によるのだが、これはまた魚の位置と、風の角度にも左右される。過去において、眼のついた鉤《アイド・フック》が使われる以前は、鉤素のこの部分が破損しやすく、ほんとうにやっかいだった。毛鉤を結びなおすことはむずかしかったので、カースティングの際に毛鉤がすっぽりと抜け落ちてしまわなくても、しばらく使うと、次々に毛鉤を捨てて、替えなければならない日があった。こんにちのような眼のついた鉤だと、結びなおしがまったくたやすくなった。しかし、なんといっても新しい毛鉤は、長いことあちこち振り回された毛鉤に比べれば、形も完全だし、鱒を引きつけやすいということを忘れてはならない。特に鱒が大型で、用心ぶかいような場合には、たびたび新しい毛鉤につけ替えるのがよい。そして、つけ替えるのは魚を釣り上げた直後にすべきである。

鉤掛かりした鱒とのたたかい

二ポンドか、それ以上の鱒を掛けた瞬間には、誰でもたいてい強い不安を感じるものだ。魚がはじめから一様のペースで引くこともあるが、ほんとうに元気のいい魚だと、たいがいはただちに勢いよく疾走する。まるで一瞬のうちに自分のおかした過ちを覚って、恐怖に狂ったようにだ。細い鉤素ではこういう鱒の疾走をすぐに止めることはできない。釣り人にできるのは、思い切ってできるかぎりの圧力をかけ、鱒の疾走を抑えるだけだ。このときこそ大いにはらはらする瞬間だ。当たり、鉤合わせ、疾走は、一瞬のうちに連続して起こる。この瞬間の釣り人の心の中では、喜びと不安とが微妙に共存している。

もし鱒が明らかに水草生えに向かって進んだら、鉤素が切れる危険をおかしてまで引っ張り合いをするよりも、むしろ水草の中へ行かせてやるほうがよい。鱒が鉤に浅く掛かるか、鉤素が弱ければ、どっちみちばらす可能性が大きいのだから、水草の中で毛鉤から逃げられても同じことだ。しかし、鱒ががっちりと鉤に掛かっているとき、釣り人は竿先を下げ、糸を張り、手で静かに竿を操作することによって、魚を水草から引き離すことのできる場合が意外に多い。水草の中にもぐり込んでいるように思える魚が、しばらくは竿の締めつけにびくとも動かず、なんの感触も与えないのに、やがてしびれを切らして、釣り人の自在な手の動きに屈服するのを私はたびたび経験してきた。もちろん糸の引き締めはかならず水草の下の位置で利くようにするのが肝心なことである。

私の意見としては、鱒が水草の中で身をくねらせて抵抗しているものと考えるのは誤りだ。鱒のまず第一の目的はおそらく釣り人の眼から逃れることにあるだろうが、水草の中の鱒の抵抗の方法は、口で水草にしがみつくことだと私は確信している。水草の中にもぐっていた魚を釣り上げてみると、じっさい口の中に水草を含んでいることに私は長年気づいていた。しかし、鱒が意識的に口で水草にしがみついているとは思っていなかった。ところが、ある日、私は水の澄んだ浅場で、鈎に掛けた鱒とやりとりしていた。そこには広い水草の大きな群生はなく、魚の動きはいちいちよく見えた。魚が小さい水草に近寄るかと思うと、そこへぴたっと張りついてしまい、竿を引く力はおそろしく重かった。水草は魚が姿を隠すのにはまったく小さすぎたし、魚の頭が水草に触れているだけであったので、こんなに重く感じるのはばからしいというほかなかった。ちっぽけな水草と、一ポンドをいくらも超えていない鱒――それがどうしても動かないのだ！　そして、その魚を釣り上げてみると、口の中には例のとおり水草があった。

そんなに重く感じたのは、糸が水草にからまったからだと考える者が多かろう。私も以前はそう思った。しかし、こんどはそうでないように思えてきた。そして、その後しばしば浅場の釣りで同じような経験があり、水の中を歩いて魚に近寄り、ゆっくり詳細に観察した結果、鱒はやはり前述のような方法で釣り具による引き締めに抵抗するものだということに私は確信を得た。

水草はチョーク・ストリームに挑むすべての釣り人にとって大きな障害である。大型の鱒が糸を背負ったまま、まっすぐに水草の奥へ体を突っ込んで、鉤素を切るとき、どれほどまでの力に鉤素が耐えられるかを判断するのは、えてして魚のほうであって、釣り人ではない場合がある。しかし、チョーク・ストリームにはたくさんの水草が密生している割には、ばらす魚は意外に少ない。水草の利用の仕方は鱒によってまちまちであり、ときとしては、よい型の魚で、水草のような有利な手段にすがって釣り人よりも大きく優位に立とうとするのは騎士道に反するとでも言いたげに、水草を見向きもしないような鱒もいる。

魚が水門を下るような致命的な行動に出ようとするとき、釣り人は仕掛けの強さと魚の大きさを考慮して、鉤素の切れる危険をおかしても、即座に決戦を挑むべきかどうかを判断しなければならない。釣り人ははっきり決断しなければならない。もし、とても力で魚を抑えることができないと判断したら、糸をゆるめるがよい。急に釣り具の締めつけから解放されると、鱒は意図と戦術を変え、逃走の方向を変えることがある。

近年来、ドライ・フライ・フィッシングに最適な川ほど、細い鉤素と小さい鉤で大型の鱒がたくさん釣れる川は、いまだかつてほかにはなかったと思う。これらの川で釣る釣り人たちは、鱒が鉤に掛かるやいなや、そのあとどうしたらいちばん有利か、あらゆる手だてを考える。重要なことは、いつも魚の下手に立ち、つねに流れを自分側に有利に活用してたたかうことである。

はじめの数瞬後には、技と慎重さによってたたかい、下流で操作すれば、どんな鱒でも三ポンドまでのものなら、まずはじめに適当な場所へ誘って、それから、自由に操ることができるはずだ。釣り人のほうには充分な時間があるのだから、あわてることはない。そのうちにチャンスが来るから、たも網の用意はしておくべきだ。鱒がほんとうに疲れ果てる前に、疲れ果てたような様子を見せる一瞬があるものだが、このとき魚が手の届くところまで寄ってきていたら、この機会を逃さずにすくい上げるとよい。逆に、たも網を腰ひもから外そうとしているときに条件が悪くなることがあるが、こういうときは、魚が急激な行動をとれなくなるまでリスクをおかすべきでない。

魚が非常に大きい場合、これをばらすことなど考えるといやになるが、私はいつもたも網を出すのが早すぎはしまいかと不安になる。そんなことをすると、何か眼に見えない力に見張られていて、高慢のしるしと思われ、罰せられはしまいかと不安になるのだ。よい型の魚だったら、横腹を見せ、もがいたり、跳ねたりしなくなり、たも網の真上に来るまでは、けっしてすくおうとしてはいけない。

最良の方法は、たも網を魚の下に入れるのではなく、魚を網の上に寄せることだ。実際問題としては、しばしばこの両者が併用されるが、いずれにせよ、たも網は最後に持ち上げるまではできるだけ静かに、控えめに保つべきだ。たも網を持ち上げると言ったが、むしろ魚の体を受け取って引き上げると言うべきで、これは落ち着いた、滑らかで確実な動作でなければならない。私は竿を右手（利き腕）で持つほうがよいと思う。なぜならば、たも網で魚をすくう動作よりも、竿で魚を扱う動作のほうが最後まではるかに慎重を要し、むずかしいからだ。

釣り場の状態

チョーク・ストリームでドライ・フライ・フィッシングを楽しむ釣り人は、その他の地方で釣る人たちほど天候を気にしないでよい。北方の河川で鱒を釣る人たちにとって、またそれ以上にシー・トラウトや鮭を釣る人たちにとっては、雨降りのあと、川の状態が完全になり、よい釣りの約束される幾日かがあるから、なんとしてもこの好機を逃してはならない。

ところが、ハンプシャーのチョーク・ストリームはちがう。水に関するかぎり、河川はいつも澄んでいて、よい状態にある。河川の水かさを補充している多くの湧き水が、一八八七年の初夏いらいの相次ぐ干ばつと降雨不足のために心配になるほど減ったのだが、水門や水車場の機能のおかげで、少なくとも幾つかの草地の水面の高さは維持されていて、川の水量が減ったときでさえたいした変化はなく、降雨量の多少もこれらの河川に急激な変化をもたらしていない。

ドライ・フライの釣り人たちにとっておもな障害は風で、風の影響に左右されないことに、彼らはあらゆる努力を集中する。硬めの竿と、かなり重いリール・ラインと、短めの鉤素とで下手投げ（アンダー・ハンド・カースト）をすれば、強い風にたいしてさえ不思議なくらい功を奏する。しかし、ドライ・フライ・フィッシングにおいては、釣り人は風と妥協するわけにはゆかない。カーストは主として上流に向かってするのであり、風が上流から下流へ向かって吹いていても、釣り人はこれに立ち向かってベストを尽くすほかない。

イッチェン川とテスト川の谷間では、春の寒い風は上流から下流に向かって吹く。シーズンの初期にこの風が吹くと、羽虫の羽化が遅れがちのようだが、羽化そのものを害することはない。かえって、羽虫のもっとも旺盛な羽化と、鱒の勢いのよい跳ねとは、しばしば寒い東風の吹く、陰気な曇り日に起こる。ときによると、羽虫の羽化は午後遅くになることもある。

五月になると、いくら寒い風の吹く日でもこういうことはなく、釣り人は大きな釣果をあきらめなければならない。これに反して、五月の温かい日に、羽虫の羽化が弱々しく、鱒の跳ねがすぐ終わってしまう日がある。もちろんいつもそうだとばかりはかぎらない。私は寒い日と、上流から下流へ吹く風が望ましいと言いたいのではない。ただ、こういう日には、釣り人ははじめから失望の念をもってかかりがちだが、予想以上の慰めを得ることがよくあると言いたいのだ。

若いときにドライ・フライ・フィッシングを始める釣り人のすべてに贈りたい忠告が一つある。それは両手利きになること、つまり、右手でも、左手でもカーストできるようになることだ。私は片手振りの竿でカーストする場合、右手しか使えないのをとても残念に思っている。両方の手を同じように巧みに使う釣り人を私は知っている。川の左岸で風に向かって上流を釣るとき、左手でカーストできれば、非常に有利である。

五月と六月であれば、どんな日でも、どの時間帯かには何かしら魚の跳ねが出るのはほとんど確かだ。しかし、跳ね方はさまざまだ。素晴らしい跳ねだと思ったのに期待はずれだったり、たいしたことはないように見えたのに喰いがよかったりする。どんな跳ねであっても、心しておくべきは、場所によっては、まるでおとりのように釣り人の注意を誘い、時を浪費させる鱒がいるということである。こういう鱒は早くから遅くまで羽虫に跳ねつづけているが、毛鉤は拒絶する。

釣り場を熟知している釣り人は、これらの魚も、その出回る場所もよく心得ているので、ほかに喰いの立っている魚がいさえすれば、あえてこれらの魚をねらって時間をつぶしはしない。しかし、自分の知らない釣り場では、このような魚にはよほど注意して、自分に許されている釣り場があまり狭くないかぎり、強情な鱒には時間を浪費しないほうがよい。ウィンチェスターでは、すべての鱒が多かれ少なかれこういう習性をもっているが、それは例外である。

魚が餌についていながら、毛鉤には見向きもしないのだったら、いちばんよいのは、不利な位置にあり、あまりすれていそうもない鱒をねらうことだ。こういう鱒でさえ強情だったら、腰を落ち着けて、しょっちゅう毛鉤を替えながら、根気よくねばるがよい。釣り人の忍耐力と、手首と、腕さえもつならば、餌を捕りつづけている鱒は遅かれ早かれ過ちをおかして、毛鉤にくるものだ。特に肥満型の鱒は概しておくびょうではなく、餌を捕りつづけ、巧みな釣りにはいくらでも応《こた》えてくる。

鱒のおくびょうさに私がいちばん悩まされたのは、けっしてよく晴れた日ではなく、静かな、どんよりした、単調な明るさの日である。日没前のこういう明るさのとき、鱒は人影にたいしても、鉤素にたいしても、たいそうおくびょうになることが多い。しかし、この点、鱒は日によって同じではない。また、どんな日でもそれぞれの鱒は互いに多かれ少なかれ違うのだ。

よく晴れた日で、水の中の鱒が見えるとき、よく観察すれば、そのいろいろの動作を知ることができるだろう。型のよい鱒が餌を捕っていて、釣り人がその魚をおびやかさずに適当な位置につき、カーストの準備をし得る場合を考えてみよう。毛鉤を鱒の真上に投げると、もちろん鱒はおびえて、すぐに隠れ場所へ逃げ込み、それで終わりだ。しかし、そうでなくとも、鱒はゆっくりと下流へ動き、それから静かに姿を消すか、あるいは水底に沈んでいって、餌を捕るのをやめることがある。

もしはじめのカーストが鱒の気にさわらなかったとすると、鱒はさまざまな行動に出る。試してみようとするかのように、躊躇《ちゅうちょ》しながら毛鉤にくることがある。また、まるで毛鉤が天然の羽虫かのように、自信をもって飛びつくこともある。あるいは、釣り人の毛鉤をちょうど待っていた餌が来たかのように、大喜びの様子で喰うこともある。さらにまた、鱒は恐れと自信の二つの両極端の間をとって、毛鉤に見向きもしないか、そばまで泳ぎ寄りながら、喰わない場合もある。

毛鉤をまったく無視する鱒に向かってカーストしつづけるのはたまらない仕事だが、魚が毛鉤にたいしていくらかでも動きを見せるかぎり、毛鉤を替えてみたりして、ねらいつづけるだけの価値はある。いままで使い古した毛鉤が功を奏さない場合、同じ種類の新しい毛鉤に替えるとうまくゆくことがある。毛鉤の種類を替えることもだいじだが、同じ種類の毛鉤でも、サイズのちがいが物を言うこともある。ときとして、鱒が毛鉤に興味をもち、自分の位置を離れ、流れる毛鉤を近くで観察しながら下流へついてきて、最後に喰うこともあるし、釣り人の姿が眼に入って、泳ぎ去ることもある。また、ときによると、鱒は釣り人を見つけもせず、毛鉤にきもしないで、のんきな顔をして、自分の餌捕り場所へ戻ってゆくこともある。いずれにせよ、魚が実際に毛鉤をくわえるまでは、じっとして、身動きもしないでいてのみ、釣り人の唯一のチャンスは訪れる。

ほとんどの鱒は毛鉤に跳ねてみて、たとえ鉤がさわらなくても、驚き恐れる。釣り人が鉤合わせをすると、魚は予想もしなかった何かが起こったのを感じるのだ。そのあとはしばらくの間、餌を捕るのをやめ、毛鉤にこなくなる。しかし、鉤合わせのとき、確かに鱒が鉤に触れたのを感じたのに、その後もひきつづき跳ねを見せた鱒もある。ある一尾の鱒について、私には珍しい経験がある。それは少なくとも二ポンドはあり、とても元気な魚のようだった。最初のカーストですぐ私の毛鉤にきた。鉤合わせをすると、ほんの一瞬、竿がしなった。私は魚を鉤に掛けたと思ったのだが、毛鉤はむなしく戻ってきた。そして、魚が沈んでゆき、水底に横たわるのが見えた。恐れているというよりも、むしろ考え込んでいる様子に見えた。

まもなく魚は上流へ向かい、数分後には前と同じ場所で羽虫に跳ねはじめた。私はもう一度前と同じようなカーストをしたが、こんどは鱒は完全に姿を消してしまった。その後、同じシーズンに、一日ならず私は同じポイントで跳ねを見せている魚を見た。前のと同じ鱒にちがいないのだ。しかし、二度と私の毛鉤へ誘うことはできず、たいてい最初のカーストですぐ姿を消すのだった。一尾の鱒が経験の教えによって身の安全を守るようになった一例として私は述べたのだ。上述の最初の場合、私は一瞬もその魚を見失ったことがないのだから、これがずっと同じ魚であったことに間違いはない。もしそうでなかったら、第一日目に二度も同じポイントで跳ねた魚と同じものだと言い切ることはできなかったろう。

一尾の鱒の餌捕り場所があくと、驚くべき速さで、他の一尾がまったく同じ場所を占拠する。釣り人が一尾の鱒を鉤に掛け、すばやく下流へ導いて釣り上げ、前のポイントへ戻ってみると、他の一尾がすでにその場所に入って餌を捕っていることがある。まるでこの場所が有利なことを前から知っていて、占拠する機会をねらっていたかのようだ。

ドライ・フライ・フィッシングについて書くとき、「グッド・ウォーター（よい状態の水）」という表現がよく使われるが、著者がどういうつもりでこの言葉をつかっているのか、すこし説明したほうがよいだろう。よい状態の水、つまりよい釣り場は、ここではとうぜん鱒の釣り場を指しているのだが、魚の数があまり多くてもいけないし、釣り荒らされている釣り場でもいけない。そして、鱒を自然に棲みつかせ、少なくとも魚の体重が三ポンドになるまで育つところがよい。

チョーク・ストリームの源流に近い、比較的狭い場所には一般に多数の鱒がいて、ドライ・フライで一日に釣れる魚の総重量は非常に大きい。しかし、こういうところの鱒は、大きさにしても、状態にしても満足なものとは言えない。あまり釣られないから魚が多いという場合もあろうが、それよりも、水そのものが鱒の質よりも量に適している場合がある。ドライ・フライ・フィッシングのほんとうの興奮を楽しみたい釣り人は、鱒の平均重量が少なくとも一ポンド半はある釣り場を探して行くべきだ。そういう釣り場なら、二ポンド級の魚はそう珍しくはないし、三ポンド級も出ないとはかぎらない。鱒の平均重量が二ポンドならば、釣りはさらにおもしろいだろう。しかし、もし釣り人がそのシーズンに、川の限られた一区域だけでしか釣れないとすれば、二ポンド以上の釣り場にこだわるのは有利とは思えない。メイ・フライのいないところでは、三ポンドまでの鱒の跳ねは夏中を通して期待できよう。それ以上の重量の鱒は、全シーズンにわたって、跳ねのしぶい魚で、釣りになるのはメイ・フライが現われる時期か、または夕方遅くなってからにかぎる。

理想的な「水」は、あちこちに広々とした浅場があり、適当な流れをともなった深場も充分にある釣り場だ。深んどのほうの幅は、片手振りの竿でカーストできる程度がよく、徒渉できる浅場ではもっと広いとよい。こういう釣り場は、鱒が多くなりすぎないために、釣り人がかなり入ったほうがよい。

正真正銘のチョーク・ストリームのこのような釣り場では、メイ・フライさえいなければ、五〜七月の三か月を通じて、平均二ポンドに近く、体調の良好な鱒のよい釣りが可能だろう。しかも、夕方の跳ねに頼らずにできよう。これは、この三か月なら、毎日よい釣りになるという意味ではなく、五月、六月にはそれぞれ数日、七月にも幾日かは、夕方前に魚籠の重くなる日があるということだ。ただし、毛鉤は小さく、鉤素は細くなければならない。こういう仕掛けで、夏の晴れた日に、二ポンド級を五尾から一〇尾も釣ろうものなら、釣り人はもうこれ以上優美な、興奮を駆り立てる釣りを鱒釣りから求める必要はあるまい。

　テスト川やケネット川の幾つかの釣り場で三ポンド、四ポンド、そして五ポンドの鱒さえ数多く釣れたという日の記事をしばしば読むのだが、この素晴らしい釣果は、メイ・フライか、他の大型の毛鉤で、夕方遅くもたらされたものだと思う。こういうことの可能な釣り場では、六月半ば以後は昼間のよい釣りはできない。

　こんにちのように人工養魚と、管理の行き届いている時代には、釣りクラブの水域でさえつねに魚が過密になる危険性がある。その原因は稚魚《ちぎょ》の放流の行きすぎだと思う。大量の一年魚、二年魚の放流によって、容易にこういう事態は発生する。その結果、鱒の型も、体調も悪くなり、釣り人の獲物が影響をこうむった例を私は少なからず知っている。管理が行き届いており、パイク[*4]その他の雑魚のいない川の一区域をとってみると、鱒の数があまり多いので、充分太れないという事実が起こりがちである。

よいドライ・フライ・フィッシングの水域はたいそう注意ぶかく管理されていて、シーズンごとに釣り上げられる鱒の数と総重量をともに増やそうと努める傾向がある。鱒の状態を犠牲にすれば、このことは比較的容易に実現できるのだが、釣りのおもしろ味はしばらくの間そこなわれる。

鱒の体調は季節によって一様ではない。二ポンドか、それ以上の鱒の体調は、五月前には万全とは言えない。全シーズンを通じて、釣り上げられた魚のなかには体調のよくないものがある程度いるが、その比率は年によって異なる。鱒の成育が他の年に比べてよいように思える年もある。私はいまシーズンの早期に鱒の成育が進んでいるか、遅れているかを考えているのではなく、六月半ばに鱒の状態のよさが、平均してどうなっているかを問題にしているのだ。六月半ばを過ぎると、鱒の体調が向上することは期待できない。

一八八七年の五月中釣り上げられた鱒の状態が平均して非常に良好だったのに私は気づいた。その年以後、ある程度の数の鱒は一八八七年の最高のものに劣らないほどりっぱなものだったが、一般的には優秀だったとは言えない。そればかりでなく、この同じ水域の鱒の数が増えたわけではないのに、体調のほうには明らかに欠陥がうかがえるシーズンがあった。ところで、一八八七年のシーズン当初には、ハンプシャーのチョーク・ストリームの水量は豊富だった。夏の終わりに近づくとともに、水量はいちじるしく落ちたのだが、この年の五月ほどよい水の状態で釣りを始めたことはその後はない。したがって、魚の状態の良し悪しは水かさに影響されるのではないかと、少なくとも私は考えた。水量の豊富な、汚れのない流れの中で、鱒はよく育ち、活発で、食欲が旺盛なのだと思う。

ところが、一八九八年に、この考え方はまったくくつがえされてしまった。この年の五月から六月にかけて、同じ水域での鱒の平均体調はまたもや素晴らしく良好だった。しかし、川の水量は例外的に少なかったのである。すぐ思いつく説明は、一八九七年から九八年にかけての冬の天候が異常に穏やかで、それが原因だということだが、一八八七年の五月に先立つ冬はけっして穏やかな天候に恵まれてはいなかった。他のいろいろな考察によっても、穏やかな冬がチョーク・ストリームの鱒のよい状態を保証するという議論を立証するものは何もない。

第4章

ウィンチェスター学校

授業時間と釣り時間

パブリック・スクールでは多くのことを教えてくれる。しかも、ウィンチェスターは、もっとも科学的な、水準の高い釣りが習える唯一の学校と言ってもよかろう。私の時代には、ウィンチェスターは釣りの技術をじっさいに教えてはいなかったが、それを覚える機会があり、われわれの幾人かはその機会を見逃さなかった。この機会をいかすためには、かなりの努力を要した。なぜならば、釣りは妨害はされなかったものの、特に便宜は与えられていなかったからだ。勉強と競技のスケジュールは、鱒の跳ねの出る時間とは関係なくつくられていて、これがウィンチェスターでの釣りを他の学校のとは異なるものにしていた。

鱒釣りの楽しみを充分味わうためには、日なかの時間はすっかり自分の自由にならなければならない。かつてスコットランドの川の管理人が鮭釣りのときに言ったように、「釣り人は魚に強いることはできない」。釣り人は必要なら何時間でも魚の意志にしたがって待つ自由を持ち、いつなんどきでも魚の気分につけ込む用意ができていなければならない。自分の時間を獲物の状態に合わせる自由こそ、一日の釣りを目いっぱい楽しむための必須条件である。釣り人はみな長い時間でも耐えしのぶことができるのを誇りと思っている。そして、忍耐ができるためには、あせってもどうにもならないことを承知してかからなければならない。もし釣り人が釣り場に立って、一時間しか釣りをする時間がないとしたら、こういう余裕のある気持ちになるのはむずかしい。

学校では時間は厳しいが、これは仕方がない。私は文句を言うのではなく、かえって、われわれがウィンチェスターに入って、予想以上に多く釣りの機会を与えられた幸運を紹介したいのだ。はじめからいつもそう思っていたとは言えない。顧みるときの円熟した判断と、若者の衝動や熱意、そしてそのときの切迫した気持ちから生まれた見解とは、おそらく同一のものではあり得まい。

一八七六年に私がウィンチェスターに入学したとき、鱒釣りのシーズンはあと二週間ほど残っていたはずだが、そのときはそれを活用できる立場にはいなかった。パブリック・スクールに入って、はじめの数日間、ほとんどの少年たちはおそらく警戒と畏怖の念におそわれるだろう。明らかに私もその一人で、プレパラトリー・スクール（パブリック・スクールへ入るまえの小学校）の同窓生とよくこの気持ちを話し合ったことを覚えている。われわれ二人はすでにこの小学校の上級生として、比較的気楽で安定した立場にあったのだが、その立場を捨てて、パブリック・スクールという未知の世界へ飛び込む恐れを二人とも感じていたのである。少年時代の思い出のなかで、小学校に上がったばかりの日々と、そのあとはパブリック・スクールに入学した当初のことほど生ま生ましいものはない。目新しさと不安で落ち着かない日々、しかも、外界の出来事ばかりではなく、自分の内心の動きと過敏さとが、いまだにはっきり思い出される。

オックスフォード大学での生活や、その後のいろいろの新しい体験を回顧しても、私が思い起こすのはかすかな、ぼやけた感情の輪郭にすぎないが、ウィンチェスターのはじめの二～三週間、慣れない環境の中を動き回っていた私自身の思い出だけはまことに明瞭である。この時期には、私の頭の中に釣りのことさえなかった。私の周囲は、すべてなじめないものばかりだった。そうかと言って、ほんとうにつらく苦しいことは何もなかった。そのうちに、慣習や不文律をおかさずに、していいことと悪いこととが解ってくるにつれて、なじめないという感じは薄れ、私はこのより大きい世界の中でのかなりの自由、範囲の広くなった勉強とスポーツ、それから、前途にあるすべてのものへの期待などをだんだん楽しむようになった。

その冬、私は次の釣りのシーズンを迎えるために多くの計画を立てた。イッチェン川では、北方の多くの河川よりもずっとたやすく鱒を観察することができる。魚はわれわれの眼の前にいるのだ。秋の穏やかな日、われわれは鱒が餌を捕っているのを見ることができたが、私がいままでに釣ったことのないような大型のが幾つもいた。この鱒のなかなか釣れないことや、わずかな例外を除いては、学校の者が釣ったためしはないことなどを私はしばしば警告された。一、二のずぬけた成功についても話してはくれたが、ここの伝統は失敗の伝統だと聞かされ、言外には、二度と成功する者はあるまいという意味がうかがわれた。しかし、鱒はそこにいるのだ。羽虫を喰っているのがはっきり見えるのだ。実際にやってみないかぎり、何ものも私の希望と自信を打ち砕くことはできなかった。

そこで私は、三月はじめのシーズン開始の日、できるだけ早く、川岸へ走った。私ほど大きい期待を抱いてイッチェン川で釣った者はいまだかつてなかったであろう。しかも、このときほど成功のチャンスが実際には少なかったこともないだろう。黒の上衣とずぼん、白い大きな麦わら帽子、油のひいてないブーツというでたちで、草場の水をはね散らしながら、細流や溝の交錯する湿地をあせって転びつつ急ぐ私の姿は、傍目にはなんと不思議な、危なっかしいものに見えたことだろう。これらの欠陥はどれも致命的なものではない。ほんとうの障害は私がまったく無知で、ドライ・フライなど聞いたこともなく、一三フィートほどの軟調子の両手振りの竿と、三個の毛鉤で仕事をはじめたところにある。三個の毛鉤は、その頃私が使いつけていたマーチ・ブラウンと、コチボンデュと、グリーンウェルズ・グローリーだったと思う。私はまっすぐにある特別の地点へ向かった。それは冬中たびたび見にゆき、よさそうだと思った場所で、流れは私のいるところから対岸へ向かい、かすかに波立っていた。鱒の跳ねに注意しようなどとは思いもしないで、私は絶えず竿を振りつづけた。

やがて休み時間が終わりに近づいたので、私はびしょ濡れになり、釣りにあぶれて、川を離れた。それでも釣りにたいする熱意はますます強く、しぶしぶ釣り場を去るのだった。こんな日が幾日もつづき、敗北つづきの単調さを打ち破るようなことは何事も起こらなかった。そして、友人たちは、何か釣れたかと聞くことさえしなくなった。しかし、この釣りは長期戦だ。鱒が私のマーチ・ブラウンやその他のウェット・フライを拒絶するのをやめないと同じように、私は釣りから手を引こうなどとは考えてもいないのだった。そのうちに、ある日、水底を下流へ流れる長い糸の先の私の毛鉤に、ついに鱒が掛かった。しかし、絶望的に小さな魚で、とてもイッチェン川の制限サイズに達する型ではなかった。北方の川で釣る多数の鱒のなかの一尾としてならいいかもしれないが、たった一尾だけ持って帰れるしろものではない。シーズンの初期に川に出ている釣り人はほとんどおらず、たとえいたとしても、魚を鉤に掛けたところを見たことはない。

ドライ・フライ入門

シーズンが進むとともに、ウィンチェスターの鱒に慣れている地元の釣り人が一人、二人と釣りはじめた。私はその釣りを見たり、何かと質問したりしながら、彼らの釣り方が少しずつ解るようになった。そして、何種類かの毛鉤をハモンド釣り具店に注文した。その頃、ハモンドはイッチェン川についての偉大なる権威であった。その店の毛鉤は、こんにち一般に行なわれているような、翅が両側に分かれた形に結ばれているタイプではないが、浮かせることはでき、なかでもヘアーズ・イヤーズという毛鉤が特によかった。このハモンドの毛鉤の一つが、私に初の成功をもたらせてくれた。それまでになんと長い時間がかかったものか。

私がこの手ごろな鱒をようやく釣り上げたのは六月のことで、これが私のはじめてのシーズンに釣り上げた唯一の鱒である。いまでも、その場所とその魚の跳ねが、私の眼にはっきり浮かんでくる。魚を鉤に掛けてからの不安と興奮を思い出す。それは、けっして忘れることのできない朝だった。長いことかなえられなかった希望、何週間もの情熱、それらすべてが一瞬のうちにむくいられ、大きな満足を味わった。失敗と成功との間の深淵を渡って、私は喜びの岸に立った。私には、どうしたらこういう成功を勝ちとることができるのかが解ったし、これからもまた起こるにちがいないという確信がもてた。鱒は一ポンドを少し超えたもので、毛鉤はレッド・クウィル・ナットであった。私はその頃たも網を持っていなかったから、その鱒を手に持ち、得意満面で寮に帰った。そのシーズン中にはもうそれ以上成果はなかったが、それ以後、「君はいったい、いままでに何か釣り上げたことがあるのかね」という質問にたいしては、胸を張って答えることができるようになった。

少額の金を払うと、イッチェン川の「オールド・バージュ（古い荷足船）」と呼ばれる場所の半マイルほどを釣る権利が得られた。そこの鱒には、釣り人たちから得たにがい教訓の結果にちがいないが、固有の特別な習性があった。この釣り場で釣るには、シーズン・チケットばかりでなく、一日かぎりのチケットも発行されていたので、釣り人は多く、私は一一本もの竿が一度にこの釣り場で出されているのを見たことがある。ふつうは、シーズンの盛りでも一日平均四〜五本、釣り人の竿が出ているくらいなのだ。こんなに多くの釣り竿が鱒に与える影響は奇妙なものだったが、合理的だった。釣り上げるのが非常にむずかしい鱒になっていた。そうでなければ、魚は生存しつづけることができなかったろう。鱒はたくさんいて、そこの鱒が用心ぶかいというのは、かならずしも真実ではなかった。実状を言えば、釣り人がそれほど入っていない他の多くの釣り場に比べて、そこの鱒はずっと近づきやすく、不器用なカーストにたいしてもすぐ腹を立てるようなことはなかった。跳ねている鱒をねらって何時間カーストしつづけても、魚が水底から上がってこなくなるということはなかった。

しかし、これをもって鱒がへたな釣り方にたいしてむとんじゃくだと結論するのは誤りである。経験をそれほど積んでいない鱒ならたちまち腹を立てるような釣り人の過失にたいしても、ここの鱒には耐えしのぶ習性ができていたのだろう。川岸にある人影、川のあちこちを行き来する鉤素と毛鉤は、そこの鱒にとって、就餌の時間と切り離せない出来事になってしまった。鱒の眼にはこれらのことが、いつも自然の羽虫の発生にともなって起こる現象と見えるようになったのだろう。鱒にとって歓迎すべき現象ではなかろうが、餓死することを思えば、そんなことを鱒がいちいち気にしているわけにはいかない。それで、鱒は羽虫に跳ねつづけた。自由に、動揺せずに跳ねつづけたが、羽虫と毛鉤との選別はちゃんと心得ているのだ。

私は最後まで、この素晴らしい釣り場で成果をあげるためには何がもっとも肝要なのか、確信がもてなかった。細い鉤素、完全に浮かんで流れる小さい毛鉤、正確なカースティング――どこの釣り場とも同じように、これらは役立つことにちがいなかったのだが、それだけではまだ充分でなかった。ウィンチェスターの鱒はそれらをことごとく問題にしなかったかもしれないし、最初の正確なカースティングが魔術的な効果を発揮したというわけでもなかった。いまから考えてみれば、ここの鱒が釣り人ずれする以前に私の毛鉤にきたとしたら、それは例外でしかないのだ。

イッチェン川の達人たち

がまん強さと、絶えまなく敏捷に働くことが、そこの魚にたいしてもっとも効果的だったように思う。他の誰よりもよくそこの鱒を理解し、誰よりも大きい釣果を上げる釣り人がいたが、彼はほとんど毎日ここで釣っていた。私はしばしば長いこと彼を観察して、彼独特の釣り方に気がついた。もちろん彼はこの釣り場を熟知していて、鱒の跳ねが始まるときには、ほとんどつねによい場所を占めることに成功していた。そして、彼の方法はあくまでも彼のねらう魚に執念を燃やし、すばやくカーストすることだった。彼は私の見た誰よりも強く、敏速に毛鉤を振り乾かし、一定の時間に誰よりもたびたび魚に向かってカーストするのであった。彼が毛鉤を振り乾かすとき、彼の竿と糸は空中でせわしく音を立てた。見た眼にはあまりかっこうのよい釣りとは言えなかったが、ある日、彼がこの乱釣《らんちょう》とも思える釣り場で、制限サイズを超える鱒を一四尾も上げたのを私は知っている。

われわれがその釣り場に着くと、いつも彼が釣っているのを見かけたし、われわれが学校へ戻らなければならない時間にも、彼は釣りつづけているのだった。彼の釣り方はいつも同じで、同じ釣り場からほとんど動かず、魚の跳ねが止まると、川を一心に見守り、跳ねがつづいている間はすばやく、休みなくカーストし、一日じゅう場所を変えることなく、次から次へと魚をねらってゆくといったぐあいである。彼はまた、非常に無口な釣り人だった。まるで鱒だけが彼の唯一の仕事のようで、彼が地元いちばんの釣り人であることのほか、彼について私は何も知らなかった。じつは、私は彼の釣りの素晴らしい成果に感心するあまり、ほかのことを聞く余裕などまったくなかったのだ。

ときどき「オールド・バージュ」のこの釣り場に来る人びとのなかには、何人かの著名な釣り人がいた。例えば故フランシス・フランシス氏[*1]で、その頃、釣りの権威と言われた人びとのなかでももっとも高名な人である。私の記憶によれば、イッチェン川では、彼は両手振りの竿を使って、小さい毛鉤を正確に投げていた。あんな大きい竿で小さい毛鉤を投げるのはさぞむずかしいことだろう、と私は思うのだった。

　また、そんなにしばしばではないが、「オールド・バージュ」で、私がこれまでに知った釣り人のなかで最高の人に会ったことがある。その人の釣りを見学するのと、話を聴くのと、どっちのほうが私のためになったかは言いがたい。彼は誰よりも多くのことを惜しみなく教えてくれた。彼の知識は観察や経験だけの結果ではなく、鱒の生態にたいする何か特殊な洞察力によるもののように思えた。竿や仕掛けの扱い方については、単に巧みなばかりではなく、天才的であった。これは少なくとも私の遠い昔の記憶だが、それから後、活字になった彼への多くの讃辞から考えれば、故マリアット氏[*2]の天才は釣り人の世界で広く認められ、もっとも高く評価され、彼をよく知る人びとは心から敬意を表していたのである。

若き日の釣り場

　ウィンチェスターのわれわれの学校の釣りが理解されるためには、そこでの時間というものについていささかの説明をすることが必要である。われわれにとって、時間をどう有効に使うかがもっとも重要だった。通常、学校の規則は十二時までわれわれを解放してくれず、そのあと私の目的はもちろんできるだけ早く釣り場へ行って、釣りはじめることにあった。私の寮は、他のすべての点ではよかったのだが、川からは二番目に遠く、この一点だけは不運だった。授業が終わってから、川への往復に少なくとも一〇分はかかった。竿をつなぐ時間もみなければならない。なんとかしてむだな時間を短縮しなければならない。竿に仕掛けを付けて、すぐ使えるように準備しておくことだ。また、川の水位が低いときでも川岸の草生えは湿地で足を濡らすから、はきものも考えなければならない。ふつうの場合なら少しぐらい足が濡れていても、たいした不都合はないだろうが、いくら十四歳の少年でも、川から戻ってすぐ昼食をとり、ひきつづき腰掛けたままの数時間を過ごすのに、毎日濡れたままの靴と靴下ではよくない。

さまざまな便法を考え出して、これらの難点は克服できた。教室に留められるようなやっかいなことが起こらず、教師が定刻にきちんと授業を終えてさえくれれば、すぐに釣り場へ走って、十二時五分過ぎには釣りはじめることができた。これがわれわれにとって、いかに幸運であったかを説明しよう。「われわれ」というのは釣りを愛好する少数の学生のことで、ほかの学生たちは、十二時からの一時間を自由な時間として持ち得たことを特別な幸運とは考えもしなかった。

概して、この一時間が鱒の跳ねのもっとも出やすい時間なのだ。寒い時期にはこの時間は早すぎることが多く、暑い時期には遅すぎることが多いが、フライ・フィッシングのシーズン中のもっともよい時期には、また、シーズン中のどの月でも水面にメイ・フライが発生していないときなら、これが日なかで鱒のいちばんよく跳ねる時間であることが多い。ここで言う「日なか」とは、「夕方」と区別するために言ったのである。もし私がシーズン中に毎日釣りをする時間を一時間、たった一時間だけ選べと言われたら、私はこの十二時から一時までの一時間を選ぶだろう。

午後一時になると、われわれは昼食のために急いで寮に帰らねばならなかった。昼食は義務づけられた行事で、少しぐらいの遅刻は気づかれずにすむが、あまり遅れてはならないのだ。魚が跳ねつづけていても、この点を忘れずに行動しなければならないのは、ほんとうにつらいことだった。そこには私が通ったいくつかの道があったが、私は徒歩の速さでその道を通ったことはほとんどない。これらの道はみな川のあちこちの釣り場から私の寝起きしていた寮への近道で、私は何回も何回も全速力で走った。あるときは成功の喜びにあふれて、またあるときは絶望に打ちひしがれた重い心で、走った。竿は継いだままの長さだったので、私が走るにともなって、ぶるぶると空中でふるえおののいた。それでも、食事にはいつも遅れがちだった。

「オールド・バージュ」での一時間を有効に使う方法は、まず釣り人の入っていない、魚の跳ねの見える場所をすばやく見つけ、そこで最後までねばることである。通常、釣りはじめには、おそらく成果はないだろう。鱒は、見たところ毛鉤に気を取られまいという固い決心のもとに餌を捕りつづけているようだ。しかし、たびたびカーストしているうちに、魚はときどき正気を失うか、過ちを犯すかして、鉤に掛かる。制限サイズ以上の魚が一尾釣れれば満足できた。二尾ならほんとうの成功だった。私がこの一時間に上げた最高の釣果は五尾で、こんなことはまったくの例外であった。

それは五月末のことで、その日は強い風が上流へ向かって吹き、水面は波立っていた。そして、ダンが完全な成虫となって盛んに水面を飛びかい、鱒はそれをがつがつ喰っていた。一日じゅう授業のある日には、午後の正味一時間を釣りにあてるのは不可能であり、半休日にはもっと時間はあったが、あいにく魚の跳ねはめったに望めなかった。「オールド・バージュ」のこの釣り場と同じ岸辺に、もう一つ他の水域があり、そこは「水車場の池」として知られ、ほとんど流れのない、とろっとした場所だった。ここには本流よりも大型の鱒がいたが、シーズンの比較的遅い時期にならないと跳ねを見せず、それもたいてい夕方に限られていた。ここの鱒の習性は、「オールド・バージュ」にいる鱒の習性とはまったく異なっていた。

私はそこで三ポンド四分の一の大物を釣り上げるという大勝利を収めたことがある。この鱒はある日の午後五時頃、グレイ・クウィル・ナットの毛鉤にきたのだが、いつもならその「水車場の池」では、われわれはときどき夕方の跳ねの始まるきざしを見ることしかできなかったのだ。

夏になると、夕方の釣りができたが、八時きっかりには寮に帰っていなければならなかった。しかし、六月、七月にこんなに早く切り上げるのでは、せっかくのチャンスを逃してしまう。「オールド・バージュ」でも、「水車場の池」でも、われわれが引き上げるのと入れ替わりに、他の釣り人たちが釣り場に現われるというぐあいだった。学校では、このように釣りによって、われわれは他の何事によるよりも厳しく規律を学ばされた。釣りにたいする熱情に燃えて、毎夕毎夕川に通い、鱒の跳ねを一心に待ちながら一時間を過ごす。そして、いつも跳ねが始まると同時に、後ろ髪を引かれる思いで川を離れなければならない。まことに奇妙な経験であった。

イッチェン川には、われわれが釣ることのある他の釣り場もあった。かつて曳舟が行き来していた土堤にそった「ニュー・バージュ」がその一つであり、セント・クロスの楡《にれ》の老樹の下にも釣り場があったが、これらは遠く離れていたので、われわれがそこへ行くのはたいてい半休日の午後で、それも「オールド・バージュ」に鱒の跳ねが見えなかったときに限るのだった。われわれはどこかほかに鱒の跳ねが見つかりはしまいかと、はかない望みを抱いて歩き回った。

ウィンチェスターの鱒は私に細い鉤素と小さい毛鉤を使い、跳ねを見せた魚に向かって正確に流さなければならないことを教えてくれた。それればかりではなく、忍耐と努力のほかには成功をもたらす何ものもないことを教えてくれた。これは貴重な教訓であり、ここの釣り場と比較してよその釣り場での釣りがやさしく思えた。跳ねの出ている鱒が最初の正確なカースティングにくることをある程度期待できる、個人所有の釣り場での一日は、素晴らしい喜びがあった。それは幾日も前から頭にえがき、のちのちまで長く忘れ得ないものだった。

フライ・フィッシングにおいては、非常に特殊な場合か、あるいは魚の数が多すぎ、しかもあまり釣られていない水域を除いて、魚籠を重くするのには相当な努力が必要である。多く努力し、少なく期待することが最上の心がまえである。制限サイズ（四分の三ポンド）を超える鱒をウィンチェスターの上述の釣り場で上げた私の記録は、一八七七年が一尾、七八年が一三尾、七九年が三二尾、八〇年が七六尾である。この数字は、当初の訓練がどんなに厳しく苦しいものであったか、また、その後こういう訓練のおかげで、いかに私のドライ・フライの腕が上がったかを物語っている。

ここで私がウィンチェスターにたいする感謝の念を完全に述べようとするのは適当ではあるまい。それをしようとすれば、釣りとは関係のない多くの思い出を語ることになるからである。ここでは、その頃の日々の思い出が楽しいことばかりであり、イッチェン川とそこの鱒がその中で一つの役割を果していたと言えば充分だろう。

第5章

ウェット・フライの鱒釣り

ウェット・フライの操作

ドライ・フライ・フィッシングを楽しむことのできた幸福な人たちの間で、それに熱中するあまり、もっと古くから行なわれてきたウェット・フライ・フィッシングを見くびる傾向が一時期あった。これら二つの釣り方の比較はつねに興味ぶかいことだが、忘れてならないのは、一方を褒《ほ》めるために他方を貶《けな》すなどということは必要でもなく、適当でもないということだ。河川によっては、二つの方法がかち合い、ともに使うことができる。しかし、こういうところでも、天候や季節、あるいは釣り場の性格などが、時に応じていずれかの方法を選ばせる。こんにちでは、地図を諸国のいわゆる勢力範囲によって区分する習慣がある。地理的に分けられることもあり、自然条件によることもあり、ときによっては、任意に分けられていることもある。何かしら同じようなことが、ウェット・フライとドライ・フライの区分にも当てはまる。しかし、これを釣りに適用するかぎり、勢力範囲の区分を任意に決めることはできず、自然条件によって規定され、保たれるという利点がある。

おおまかに言うと、ドライ・フライの釣り方はイングランドの南部を支配し、ウェット・フライは西部と北部、それからスコットランドで優位にある。中部とヨークシャーの一部は論争のある地方で、両者ともに使用され、ほんとうの競争があると言えよう。

近年来、ウェット・フライに関する文献は、ドライ・フライのものに比べて後れをとっている。釣りの文献では、私の知るかぎり、ドライ・フライ・フィッシングに関する科学的な報告としては、ハーフォード氏や、その他幾人かの著書に匹敵するものはない。ウェット・フライが使われる典型的な河川では、川の生態についてこのように継続的な、正確な研究が可能でないということが、ある程度までその理由となっているのであろう。よく澄んで、穏やかに流れるチョーク・ストリームでは、鱒の生態も、鱒が餌にしている羽虫の生態もともに、まるで水槽の中にあるように研究することができる。眼に見えるばかりでなく、さまたげられずに観察できる。洪水も川の状態を変えたり、魚をさまたげたりはしないし、絶えず豊富にある餌は、鱒の習性を定着させる傾向を生んだ。しかし、これによって前述の著者たちの功績は少しも割引きされるものではないが、ドライ・フライで釣る川に関する専門的な調査と知識の卓越性はこういう事実に負う点があるのはいなめない。

ドライ・フライとウェット・フライのそれぞれが要求する技術について論議するとなると、比較はそう簡単ではない。ドライ・フライで釣る人のなかには、ウェット・フライ・フィッシングを称して、「投げ込んでおいて、あとは運まかせさ」と言い、濁りのある水で、粗い仕掛けを使っても、小さい魚ならいくらでも釣れると笑う人たちがいる。これにたいして、ウェット・フライで釣る人のなかには、「ドライ・フライについてとやかく言われていることは、すべて無意味だ。われわれの方法で上手にやれば、澄んだ穏やかな水でも、肥えた大型の鱒が釣れるよ。北部の川では成功しているんだ」と反論する人たちがいる。もし両派の釣り人のなかに、それぞれ自説に固執する者がいるなら、実際に自分で試してみて、もっと正しい考えを持つよう忠告したい。

私自身の釣りは、ウェット・フライで北方の鱒を釣ることから最初に覚えたのだが、その後の少年期には、フライ・フィッシングに最適の季節を毎年チョーク・ストリームで過ごすことになり、その結果、ウェットフライよりもドライ・フライを使うのに慣れるようになった。私はウェット・フライをよく知り、充分試してきているので、釣り人が多く入り、五月にならないとシーズンの始まらない、ほんもののチョーク・ストリームでは、ウェット・フライの用途が非常に狭いという確信をもっていた。さらに、ウェット・フライ・フィッシングで得た知識と技術にこだわっていては、ドライ・フライ・フィッシングの進歩はあり得ないことに気がついた。

ウィンチェスターの鱒を釣ることができるドライ・フライの釣り人なら誰でも、ウェット・フライの適する川で、ウェット・フライを使ってある程度の釣果を上げることはできるはずだ。しかし、釣果といっても、ウェット・フライの玄人《くろうと》にかなわないのは、やはり当然だろう。チョーク・ストリームの鱒を釣り上げるための通則を決めるのは、北部や西部の川の鱒にたいしてよりもやさしい。北部や西部の川では、毛鉤も魚もしょっちゅう見えるわけではないので、それらの動きをそう正確に描写することはできず、したがって確信をもってどうすればよいかを言うのは不可能である。

ドライ・フライ・フィッシングでは、毛鉤を魚に投げる理想的な方式があり、釣り人には自分がこれに成功したかどうかはっきりと判る。ところがウェット・フライ・フィッシングでは、毛鉤が着水してからの経過は眼に見えず、魚の当たりそのものさえ往々にして見ることができない。ここに二つの方法のもたらす楽しみの相違がある。

ウェット・フライ・フィッシングでは、魚の当たりがより突然にやって来て、そのときの驚きは、一日の釣りのなかで終日絶えることなくつづく要素となる。したがって、釣り人にはいつでも鉤合わせをする用意がなくてはならない。ほかの条件が同じならば、つねにすばやく鉤合わせする用意をしていなければならないというところに、ウェット・フライ・フィッシングの大きなむずかしさがある。一度ならず、北部地方の鱒の敏捷で活発な当たりが、不用意だった私を突発事件のようにおそった。

ドライ・フライ・フィッシングでは、眼と手の集中力は予期される一瞬に要求されるのだが、ウェット・フライ・フィッシングでは、毛鉤は水中にあって見えず、その間、休みなく集中力を必要とするのだ。じつは、二重の集中力を要する。手は眼から合図を受ける用意をしていなければならないのだが、単にそれを待っているだけではすまされない。水中のもっともかすかな感触が、眼に見える当たりよりもさらに手早い動作を要求する。われわれは視覚と触感で釣る。一日の終わりに魚籠に納まっている魚の数が、ばらした魚の数の割にはごくわずかであることが多い。鉤に触れた魚は、合わせがもっと機敏だったら、しっかり鉤に掛かって、釣り上げることもできたろう。ウェット・フライの鱒釣りは、合わせが速ければ速いほどいい、と私自身は信じている。この点、絶えまなく鍛練を積むことによってのみ実力がついてくる。

以上述べてきたことから、できるだけ糸をゆるませないで、全水域を一インチも逃さずに釣るべきだということになる。流れのない水なら、それはむずかしいことではない。流れを横切って釣るか、もしくは下流に向かって釣る場合でも容易だ。ただし、その場合でも、水の流れが荒かったり、石などのために砕けたりしているとき、あるいは流れが平坦でないために、まっすぐカーストした糸が水の中でまったく思いもよらない動き方をして、毛鉤がとてつもないところへ浮き上がってくるときなどは、けっして生やさしくはない。特に、上流に向かって釣るときは、糸がゆるまないための充分な注意が必要である。

かなりドライ・フライに熟達した釣り人がいて、糸をゆるませずにウェット・フライを静かにかつ正確に投げることができたとしても、難点は水中の糸をどう扱ったらよいのかよく解らないところにある。荒い流れの中にある毛鉤と手の感触で接触を保つ技術は、チョーク・ストリームでは習得できない。ウェット・フライ・フィッシングで、もし糸がゆるむと、毛鉤はますます深く沈んでしまう。そうすると、魚の当たりを感じ取るチャンスは少なくなる。糸がゆるんでいるときに鱒が毛鉤にきても、鉤掛かりする確率は低く、当たりを感じ取れないことさえ多いだろう。一日の釣りが終わったとき、われわれはその日のうちに当たりがあったり、毛鉤にきたりした魚の数は覚えているものだが、感触もなく、見えもせずに何尾の鱒が毛鉤をくわえ、そして吐き出してしまったかを言うことのできる者が、はたしてわれわれのなかにいるだろうか。

したがって、すばやい鉤合わせに加えて、もう一つの熟練が必要になる。それは、流れの中の毛鉤の動きをさまたげることなく、手にくる感触によって絶えず毛鉤と接触を保つということだ。魚を釣り上げるためにこれは欠かせないことだが、習得するのはけっして容易ではない。流れのない水では、もちろん手の動作によって毛鉤に動きを与えなければならないが、流れのないところとか、または流れの非常にゆるやかなところを除いては、毛鉤が流れ下り、水流に払い流され、巻き込まれるままにさせておくのが上策である。ウェット・フライの釣り人が成果をあげるために特にみがかねばならない二つの技については、このくらいにしておこう。彼は長い経験によってのみこれに熟達することができる。そして、絶えまない修練によってのみ、この技を保持することができる。

春の鱒釣り

ウェット・フライ・フィッシングに必要ないろいろな要素の一つは、流れが強く、岩場の多い川の本流や淵《ふち》および浅場に棲む鱒の習性についての知識である。最大型の鱒は深んどに棲んでいるが、フライ・フィッシング・シーズンの最盛期に毛鉤へくるのはそういうところではない。四月か五月のよい釣り日和に、喰いの立っている鱒は淵頭《ふちがしら》の近くの浅いざら場か、広い波立っている浅場に移動する。水深が膝まであるかないかのところで、より多くの鱒が釣れるばかりでなく、最高の鱒が釣れるだろう。

　どこか北方の川での四月の一日を例にとってみよう。まる一日の釣りが始まろうとしている。その朝、いちばん先に頭に浮かんだ考えは、「今日の日和はどうだろう」ということだったろう。田園を好み、都会から離れて暮らす誰もが第一に考えるのは、おそらくそのことだろう。田園ではいつも天候が気になる。つねに希望どおり、期待どおりの日和になるとはかぎらないが、その日の日和をよく見、考え、確認し、その日和にふさわしい気持ちで、一日をできるだけよく過ごしたいのだ。

　ときとして、まれにではあるが、図書室の窓を背にして座っているほかには何をするにも向いていない日がある。私にも幾日かこういう日があったが、どんな日だったか正確には言えない。そういうときには、過ぎ去ったある一日のことを思い浮かべる。その日の天候とか、日光とか、空模様などを思い出す。何もできなかった日とはいえ、その日はやはり何らかの興味を引く日であったのだ。かりに、他の日々と比較しての話でしかないのだが……。

　もっともおもしろくない日はうっとうしい曇り空で、寒い、しかしそう強くない東風が吹き、気温は昼も夜も華氏三二～三五度（〇～一・七度C）にしか上がらず、もちろん日は差さず、雨も雪も霰《あられ》も霜も、激しいもの、注意を引くようなものの一切ない日だ。田園の疾風《しっぷう》や暴風雨には見逃すことのできないものすごい歓喜と興奮があり、雨が降れば大いにうれしい。

だが、私がいま思い出しているのは四月のある美しい一日のことだ――もっとも素晴らしい日の一つだった。だいたい四月は暖かい月ではないが、それでも幾日かの暖かい日がある。四月に入ってからずっと釣りに出られないでいた釣り人がたまたま釣りに行こうと選んだ日がこういう暖かな日に当たったら、それは彼の幸運というほかない。こんな日は月の初めか、半ばか、末か、いつ来るかわからない。とにかく北方では、月末近くは、まだ樹木の葉が落ちたままか、枯葉の状態である。まあそれはあまり問題ではない。あたりにはすでに陽気がきざし、人に訴え、約束し、予言して、心を躍らせるものがあろう。そして、わき上がる生気と復活する生命を感じさせる。それはあたかも共感の非常な努力によって、いままで妖精に想像されていた感覚が新しくわれわれの内に発見されたかのようだ。

妖精が耳をそばだてれば
春の芽の伸びるのが聞こえ、
妖精の舞踏に音楽を奏でるのは

眠りから醒めつつある灌木たち。
生気は身を震《ふる》わせて草木の芽に入り
妙《たえ》なる音楽の力ある流れを
妖精の耳にそそぎ込む。
かくして生じるすべての美は
音となって繊細な感覚に
軽い装いの理知に訴える。

この感覚だけでも充分と言えようが、さらに眼に見える外界の徴候がある。緑は土の中から現われ、ところによっては灌木の頂きの高さまで届く、あたりには芳香が漂い、鳥の歌声が聞こえる。夏鳥の繊細なさえずりとは異なって盛んに鳴くのではないが、冬をイギリス諸島に留まり、冬と春との相違を知っている鳥どもの力強い歌声である。四月早期のこのような日に、これらの鳥たちは、これが長いこと待ちこがれていた日であり、最大の悦《よろこ》びが到来したかのように歌うであろう。

鳥たちや他の生きとし生けるもののはっきりした喜びにたいするわれわれの感じは、ある程度は空想にすぎないのかもしれない。だが、こうした春の最初の暖かい日々は、われわれを狂喜させ、抵抗することのできない魅力をたたえている。この喜びの感覚がどのくらいまでわれわれの内面から来るものか、あるいは外界から来るものかは言い表わしがたい。とにかくあたりには一種の活気が漂っている。これはわれわれだけのものではないが、われわれも分けまえにあずかっている。

われわれは川へ行く道すがら、そういうことを感じるだろう——なにしろ一日がわれわれの前にあり、その全部がわれわれのものなのだ。早く釣りはじめたい一心で、一日のその部分はいつも気がせくのだったが、それは無益で不遜《ふそん》な習慣である。釣りは楽しむべきだが、道の途中に大自然が与えてくれているものを見逃して急いだところで、釣りが余分に楽しめるものではない。もし適当な時刻に出発したのなら、川に着くまでは魚の跳ねは始まっていないはずだから、なにも急ぐ必要はない。川岸に立って、まず気づくのは、水位の高さと水の色である。これらの二点はチョーク・ストリームでは気にする必要はないが、北方の河川ではこの二つとも日によって大差があり、釣果ばかりでなく、釣り方にも大いに影響するのだ。

四月の水位は、おそらく高いというよりもむしろ低いほうだろう。二月と三月は一年中で平均してもっとも乾燥した月で、四月も通常は大雨の降らない月だからだ。しかし、冬の雨は、川の水位が夏の半ばのように下がりすぎたり、水が澄みすぎたりするのを防いだはずだ。もっと暖かくなると、さまざまな草木のくずや、いろいろの微片が崖《がけ》や岸辺や池などから流れ込むが、釣り場はこういうものに汚されていない、きれいなものであってほしい。魚はときどきは跳ねるが、元気よく、盛んに跳ねるのは正午近くになってからであろう。

まず注意を引くのは、釣れそうなポイントである。流れの中のある部分とか、曲がりかどとかが眼に映り、気持ちがかき立てられて、やらなければならない準備作業がじれったくなる。こういう朝、歩いて行くにしろ、馬車で行くにしろ、ときどき立ち止まってあたりを見るのは、心楽しいことだ。しかし、どんな天候であるにしろ、ウェーダー[*1]（徒渉靴）をはくのに時間をかけるなど、なんの楽しみにもならない。かといって、こういうことを手ぎわよくやるのが釣り人の自慢になるわけでもない。それよりも、仕掛けや毛鉤の結び目などを入念に調べることを誇りにしたい。

準備が終わったら、水の中に立つか、なるべく水面と同じ高さに身を置きたい。鱒釣りでは、釣り人が水面よりあまり高く立つと、魚に見える危険があるばかりでなく、仕事がやりにくい。ほとんど水面と同じ高さにあるほど、カーストも、竿の扱いも、合わせもうまくゆく。もちろん高いところからのほうが長い糸はカーストしやすいが、糸があまり長いと釣りにくく、中ぐらいの長さがよい。

さて、釣りのほうはというと、たぶん、しばらくの間はあまり多くの釣果はあるまい。もしはじめの一時間か二時間で、体調の良好な、その川の平均サイズの鱒を何尾か上げたら、なんら失望する理由はない。これはむしろよい徴候だ。ほんとうの跳ねは十一時か、十一時をいくらか回る頃までは期待できないのだから、少なくとも十二時頃までの釣果が思わしくないからといって、いささかもその日の前途を悲観する必要はない。やがて、羽虫と鱒と両方の存在のきざしがはっきりしてくるのだが、ほんとうの仕事はそれから始まる。日によっては、鱒はいたるところで跳ねはするが、毛鉤にはなかなかこない日がある。その日がそういう日であるかどうか、まもなくはっきりする。もし跳ねがほんもので、他の誰の釣りもさまたげずに釣り場を選べるのなら、釣り人は跳ねが出はじめるとともに、その日はまだ誰も釣っていない淵から遠くない場所に座を占めるべきだ。

私としては、どこよりも、まず長くて深い淵頭の、よい流れを選ぶ。鱒のたくさんいる本流のそばの広い浅場にさざ波が立っているところで釣ったら、魚籠は重くなろうが、あまり離れていないところに深んどかあり、その淵の性格に独特な魅力を感じるような場所があれば、意外に大型の鱒の釣れるチャンスがある。私の記憶にもしばしばそういうことがある。それは北方の川の一つの淵で、やっと鮭の入れるほどの広さだったが、徒渉しながら片手振りの竿で釣るのは容易ではなかった。一方の岸は草原の縁になっており、対岸は灌木におおわれて、流れは草原から灌木へ向かってスロープしていた。淵頭の荒くくだけている水流はかなり浅く、喰いの立っているときは鱒でいっぱいである。灌木の生えた岸には特別のポイントがあり、川岸に近い流れを釣ったあとで、かならずここへ毛鉤を投げてみるべきだ。鉤に掛かった鱒は、灌木のところの避難場所か、下流の深場へ向かって走り、死にものぐるいで抵抗する。そして、釣り人は、魚を誘い、喰わせ、あらゆる型の魚をすくい上げながら、深い、静かな場所に達するまで川を釣り下る。成績のよい日なら、四分の一ポンドを下回らない鱒を少なくとも一ダースと、一ポンド級の鱒を一〜二尾はこの釣り場だけで期待できる。

二時か三時になると、跳ねの最盛時は過ぎてしまい、一日の終わりに近い時刻は、あまり魚籠に加えるものはなくなるだろうが、ウェット・フライの場合、跳ねの前と後は根気よく釣る価値がある。これがウェット・フライとドライ・フライの相違のもう一つの例である。ハンプシャーのチョーク・ストリームでの一日の釣りは、釣り人が川のかたわらで一日を過ごすことを意味するが、通常、彼が一日じゅう釣っていることを意味するものではない。ウェット・フライの川では、天候の激変にさまたげられたり、川の水位が急に上がったり、洪水で川の状態が乱れたりしないかぎり、釣り人は終日川にいて、一日じゅう釣っているのだ。

四月には私は夕方の釣りはやらず、午後の終わり頃には竿を納める。成果の上がった日、鱒の音さたがすっかり絶えた川岸にしばらく腰を下ろして、水の音に耳をかたむけ、満足だったその日一日を顧みるのは心地よい。これから来る日々への想像は、もう少し後の時間までとっておこう。

同じ四月でも、まったく様相の違う日がある。荒々しい突風が水面に吹きつけ、釣り糸を舞わせたり、にわか雨が真っ黒い恐ろしいような雲から激しく降りそそいだり、手が寒さのあまりかじかんで痛くなるような日がある。こんな日でさえ、たぶん午後に何尾か鱒が毛鉤にくるときがあるだろう。しかし、このときが来るまでには、釣り人は何時間も釣りつづけなければなるまい。魚の跳ねが四時近くになってようやく出るようなこともあった。四月末のある日、三時までの五時間の釣りの結果、魚籠はまったく軽かったのに、五時過ぎには、その同じ魚籠がいっぱいになり、重くなったのを私はよく覚えている。その日は寒い日で、魚の跳ねは遅くなってから始まったのだが、いざ始まってみると、鱒はがつがつ喰うのだった。

夏の鱒釣り

六月になると、北方の鱒は赤虫に夢中になる。川の水位が低く、水が澄み、暑くなればなるほど、赤虫をよく喰う。この現象は七月の最初の週の終わりか、もう少し遅くまでつづくのだが、なぜなのか、その理由は私にはさっぱり解らない。川と自然の餌の状態には特別の変化はなく、一年の特にこの時期に、特別の餌がこのように激しく鱒の食欲をそそる理由は、何も解らない。

また、どの月でも、みみず餌で鱒の釣れない月はないが、シーズン中のこれら数週間のみみず餌の釣りは、他のいかなる時期のものともまったくちがう。これは私にはほとんど経験のない技術である。それはみみずを上流に向かってカーストする技術と、いつ鉤合わせをするべきかの知識を要し、さらに大きな成果をあげるためには、次々に鱒を釣り上げるなかで、すばやくみみずを鉤に装餌する練達した敏捷さが必要だ。

七月のはじめ以後、釣り人は快い釣りのできる日を幾日も迎えるだろう。しかし、彼の魚籠が重くなることはそうあるまい。自然の羽虫の発生は七月も八月もつづき、鱒はそれを餌としているが、なんとなく気の抜けたような喰い方で、ポイントは決まっておらず、流れのない深んどでも、流れの中でも、あらゆる場所で喰うことは喰う。北方の川はこの時期には概して水量が少なく、水は澄んでいる。またそのため、魚は一日の一定の時刻に熱心に餌を捕るということが少なくて、いきおいおびえやすく、気むずかしくなっている。

シーズンの早期には、よさそうなポイントだけを選んで釣ればよかった。例えば、夏の微風がさざ波を立てているところとか、魚の跳ねが見えるから釣るとか、あるいは、岩石にはばまれた水が分岐して流れるところ——などである。このように、岩石の下方は鱒にとっては絶好の隠れ場所である。この時期には自分の選んだポイントに集中するのだから、跳ねの盛りに何ダースもの鱒が掛かるような場所でも、無視したり、軽視したりすることが少なくなかった。

だが、シーズンの早期が過ぎるとそうはゆかない。早期に釣る必要のあったポイントばかりでなく、もっとずっと広く、まんべんなく釣ることが望ましくなる。この時期には、こまめに足を使って多くの場所を余さず試み、単独でいる魚の一尾一尾を多く、たんねんにねらうべきだ。たまにしか成果がないかもしれないが、釣り上げた魚の数を誇りとするよりも、さまざまな困難を克服し得たことに喜びを感じ、すべての釣果はむしろなかば偶然だと思えばよい。こういう日、私自身はよく午後のいっときを静かに過ごし、春にはこの川はどんな様子だったか、あの時期にはどんなことが起こったか、などと思い出にふける。七月と八月には、北部地方の多くの鱒川の最良の流れは小さくなり、穏やかで、鈴のような音しか立てない。

姿見せぬ小川のせせらぎにさも似て
樹々の葉繁る七月の月、
夜もすがら眠れる森のために
静かなる調べを歌う。

この時期の森は繁っていて、静かである。

九月になると、鱒の喰いはましになるが、体調は疑わしくなる。そして、日が短くなって、鱒釣りシーズンの栄光はもう復活しない。

申しぶんのない鱒釣りの川というものはあまり大きな川ではない。トウィード川のような大きな川なら大きくりっぱな獲物もあるだろうが、私はむしろ、もっと小さい川で鱒釣りをしたい。川全体を徒渉することができ、鱒は本流と、浅めの岸辺、渦のある瀞《とろ》に棲んでいるような川がよい。トウィード川の幅の広い部分については、ボートを使ったほうがよいのではないかという疑問が起こると同時に、鮭のことが絶えず念頭に浮かんでくる。

ノーサンバランドでもっとも有名な鱒釣りの川は、コケット川であった。この川の名声と真価について興味がおありなら、『コケット谷の釣り人の栄冠』という本を読めばくわしく出ている。大きさにしても、性格にしても、また、流れの種類にしても、コケット川は欠点のない鱒釣りの川にちがいないが、魚の型は小さい。聞くところによると、いまは以前よりももっと小型だということだが、私には小さすぎるように思える。どうしてなのか私には解らない。この川の鱒の型に変化があったのだとしたら、どうしてその変化が起こったのか解らない。鱒はたくさんいて、数に問題はなく、型についてだけ不平が言われるのだが、この種の不平は北方の川に関しては珍しくない。

事実がそのとおりなのか、あるいはそういう印象だけなのか明らかではない。私はほかの年の鱒の平均重量の記録を見ていないので、以前と現在との比較はできないのだ。

ただ、われわれは若い頃の大型の鱒の記憶はあっても、小型の鱒のことは忘れがちだ。それはちょうど、夏のとても暑い日のこととか、冬のとても寒い日や、深い雪のことなどについての個々の記憶があり、それらを過ぎ去った年のそれぞれの季節の典型的なものだと思い込んでしまうのと同じことだ。もう一つの川で私がよく思い出すのは、もう二十年ほど見ていないのだが、ダート川である。すべての西部地方の川と同じように、ダート川の鱒も型が小さい。しかし、ここでは型が以前より小さくなったという不平は聞いたことがない。コケット川やダート川に大型の鱒がいないと思ったら間違いだ。私はコケット川の澄んだ流れから、小さい仕掛けで、二ポンドをはるかに超えるイエロウ・トラウトが釣り上げられたのを見たことがある――こんなことは例外なのだが。私自身の経験によれば、半ポンドの鱒でさえこれらの川の毛鉤にはそうたびたびは掛からない。それはさておいて、コケット川は、釣り人が北部地方の鱒川はこうあってほしいと望む典型的な川と考えてよかろう。

それでは、ウェット・フライで釣れる鱒の平均重量はどのくらいとすべきであろうか。また、魚籠の重さはどのくらいであるべきか。おそらく答えはまちまちであろう。私の意見としては、コケット川に匹敵する大きさの北部地方の川で、鱒が平均三尾で一ポンドになったら第一級の鱒川と言えよう。そして、ドライ・フライ・フィッシングの場合と同じように、ウェット・フライも一〇ポンドの釣果があれば好日、一五ポンドなら絶好日、二〇ポンドかそれ以上は例外というところだろう。こういう川でときどき釣りができたのは私にとって幸運だが、ウェット・フライで一日に一五ポンドの釣果を得たことがあったかどうかは確かではない。

一日の釣りにどのくらいの釣果を期待すべきかという私のこの計算を、スチュワート*2の著書『老練な釣り人』に載っているものと比べてみるとおもしろい。おそらくスチュワートはトウィード川近辺の諸川のことを誰よりもよく知っていたし、釣り人としての彼の技術と成果についてはなんら疑いをはさむ余地はない。彼はこう述べている――「五月から十月の間に、その道の秘訣《ひけつ》に通暁《つうぎょう》している鱒の釣り人であったら、エディンバラシャーを含めたスコットランド南部のどの地方でも、少なくとも一二ポンドの釣果をあげ得ない日はそう幾日もない」。同じ本の他の一節で、七月のみみず餌の鱒釣りに触れているが、「この月の水の澄んでいるとき、スコットランドの南部のどこで釣っても、一日の釣果が一五ポンドから二〇ポンドに達しない者は、釣り人と呼ばれるに価しない」と彼は主張している。

しかし、ここで付記しておかなくてはならないのは、この『老練な釣り人』第七版の第一章の終わりにつけられた注釈のことで、それによると、スチュワート氏は亡くなるまえに、前述の数字を割り引きしなければならないことを告白したという。そのうえ、その注釈は、彼の「一日の釣りに関する考え方と習慣」を勘定に入れるよう、われわれ読者に警告している——「彼にいつも出し抜かれっぱなしだったのを根にもっていた川の番人は、彼の釣りを『こそこそと這いまわる二十四時間』と評した」のだと。

ドライは上流を、ウェットは下流を

ウェット・フライの正しい釣り方については、上流を釣るのがよいのか、あるいは下流を釣るほうがよいのか、ずいぶん多くのことが書かれている。上流を釣る方法の肩をもって議論するのはたやすい。もし同等の能力をもつ二人の釣り人がそれぞれ異なる方法を弁護して、陪審員の前でわたり合うとしよう。陪審員はいずれの釣り方の経験もないから、公平だろう。その場合、たぶん軍配は上流釣りのほうに上がるだろう。しかし、釣りの問題に関しても、他のことがらと同じように、一方だけの肩をもつということはとかく間違いのもとで、論争がつねに黒白を決する最上の方法とはかぎらない。

上流を釣るのがよいか、下流を釣るのがよいかについては、一定した尺度はない。

釣り人はみな両方の釣り方を身につけ、それぞれの経験に基づいて役立たせるがよかろう。上流釣りの大擁護者のスチュワート氏のように他の方法をまったく捨て去り、下流に向かって荒い風が吹いている場合でさえ屈服することなく、自分の主張を言い張って、いつまでも争いたいと言うのなら、それもよかろう。しかし、彼のがんこさと自信が空論や本の知識から出ているものではなく、自分自身の経験の結果であったことを望みたい。経験の結果であったなら、彼は少なくともよりむずかしい方法を選んだことに満足を感じるであろう。

一般に、ウェット・フライを上流へカーストして、巧みに扱うのはむずかしいものだ。この方法で鱒を誘うだけならやさしいかもしれないが、荒い流れの中で、または平坦な速い流れの中でさえ、鱒が鉤にくるのをすぐ的確に見たり感じたりするのは、そう生やさしくはない。水流が釣り糸を引いて伸ばすのではなく、かえってゆるめるのだから、毛鉤は深く沈み、糸をまっすぐに張りたもつことはできない。毛鉤が水面に落ちてすぐ鱒の喰いを誘うために充分気をつかい、できるだけひんぱんにカーストすれば、これらの難点はかなり避けられ、克服し得るが、私自身の経験の結論としては、水が少なく、澄んでいる夏の時期を除いては、川を横切ってか、下流に向かって釣るほうが好ましい。

八月のある日、スコットランド東南部の低地でのことを覚えている。川は満水だったが、すでに洪水の濁りはおさまり、私はゆるやかで滑らかな流れを釣っていた。流れは一方の岸では深く、他の岸に向かって浅くなっていた。私はたまたま深い側にいたが、軽くて長い糸を、川に横切らせ、あるいは下流に向かってカーストし、毛鉤が穏やかに水中で流されるのにまかせた。この方法で釣り上げた多数の鱒のほとんどが、糸が下流に向かってまっすぐ伸びたとき水中で毛鉤にきた。その日もっとも成功した方法は、カースティングの終わりに、毛鉤を流れの尻で数瞬間止め、竿先でかすかな震動を与えるやり方だった。ほかにもいろいろ試してみたが、けっきょくこのやり方がはるかにうまくいった。

鱒が自由自在に自然の羽虫を喰っているときには、カーストするごとに、毛鉤が着水した瞬間がもっとも効果をあげるときだ。しかし、喰いの立っているときの鱒の機嫌は妙にまちまちだ。カーストの中ほどか、あるいは終わりに鱒が毛鉤にくる日も少なくない。つまり、毛鉤が水中で引き回されて舞っているときか、流れの中にぶら下がっているときである。こういうとき、鱒はひんぱんで軽快なカーストには、かえって魅力を感じないように見える。ときによると、喰いの立っている鱒はとても気むずかしく、奇妙な様子で、羽虫の特殊な状態や動作に魅せられているようだ。それだから、こういうときに釣り人は注意ぶかくいろいろと実験してみて、示唆に富む経験があれば、将来利用できるように頭に入れておくとよい。

変化と、自主性とがウェット・フライの鱒釣りの大きな魅力である。鮭釣りの場合のように釣り場を案内したり、それぞれの川の魚の習性を説明したりしてくれるギリー（釣りの案内人）や随行者の必要はない。未知の川でも、釣り人自身の鱒の習性に関する知識によって、彼の毛鉤を有効に使うことがだいたいできるであろう。ある特別な川についての詳細な知識と長い経験があれば、他の諸条件が同等の場合、その釣り人は相当有利な立場に立ち、彼の魚籠は不案内な人のより重く、彼は当然の、そして他意のない誇りを感じるだろう。しかし、他のもう一つの誇りもある。その快い、正しい誇りを感じるのは、釣り人が彼自身の知識の蓄積の中から必要なものを引き出して、彼には新しい経験である水中の鱒に、他人を頼らずに当てはめるときである。もし彼が熟練した釣り人で、記録を破ろうなどというつまらない考えにとらわれていないなら、その結果は彼を失望させないだろう。

長年釣りをしながらいまだに断言できないのは、未知の川を初めて釣るのと、熟知していて、充分な期待ができ、自信のもてる川でよい一日を過ごすのと、いずれがよいかということだ。目新しさと工夫の精神で楽しさをはかる場合もあり、また、過去のいろいろ忘れられない思い出や、比較的確かなことの魅力が楽しさを決定づける場合もある。

この種類の鱒釣りには、魚や、川や、沼などの相違は無限にある。水の状態についても、流れの速いのから、よどんでいるのまで、また、荒いのから滑らかなのまであり、それぞれの間にはあらゆる差がある。川岸と川底は岩盤の場合があるし、石や、砂利や、砂の場合もあり、泥の場合さえある。水位と水色は時に応じて変化する。鱒の型のちがいもおもしろい。川によっては二ポンド級のものは少なくとも可能であり、毛鉤釣りのシーズンの最盛期なら、それより一ポンド以上も大きいのが一日に一〜二尾は期待できる。同時に、四分の一ポンドの鱒でもけっこうおもしろい川もある。われわれが釣る地方は、ひどい荒地かもしれないし、よく開発された場所かもしれない。実りのない裸の荒地かもしれないし、樹木の茂った豊かな土地かもしれない。

あえて特に選ぶとしたら、私は斜面の急な岸に樹木の生い茂っている川をもっとも魅力のある鱒釣りの場として選ぶだろう。また、鮭釣りのように大物をねらうには、広々した荒野の激しい流れがよかろう。しかし、それぞれみな独特の魅力があり、ウェット・フライ・フィッシングの思い出は、美しさの無限の様相を呼び覚ます。ただ一つの面においてのみ、ドライ・フライの川の優越性は疑う余地がない。それは水草のある点である。他の点については、すなわち川についても、その川が流れる土地についても、ウェット・フライ・フィッシングのほうにいろいろ変化に富んだおもしろさが多いことを私は認める。

誰でもスコットランドで釣った川のさまざまな釣り場を思い浮かべてみたまえ。水が無色で、ほとんどテスト川かイッチェン川のように澄んでいるときがある。また水はまだ褐色だが、洪水のおさまったあとで澄みつつあり、白い泡の小さいかたまりが流れに運ばれていることもある。濃色をした水では、泥炭《ピート》地帯から流れてくる川がよいが、洪水のあとそれが澄みつつあるときが最高で、浅場は日の光に紅く映える。クロウ氏の描写を借りれば、「こはく色の奔流」と「花崗岩《かこうがん》の入江」もよい。水草が生えている川にドライ・フライを投げて大型の鱒を上げる機会にいくらわれわれが恵まれてきたとしても、やはり、こういう釣り場でわれわれのウェット・フライをカーストしたいという熱意は禁じられまい。

総まとめをすれば、ドライ・フライ・フィッシングをいくら多く経験しても、ウェット・フライ・フィッシングの機会を犠牲にしたのでは、その償《つぐな》いは不可能だし、また、北部地方のどんな川も、五月、六月の水草の生えたハンプシャーの釣り場にたいするあこがれを満足させることはできないのである。

第6章

シー・トラウト釣り

海から川へさかのぼるシー・トラウト

五月から六月をつうじて、熱心な釣り人はよいドライ・フライの川でずっと釣りつづけることに満足するだろう。彼はそこでその年のシーズンがもたらし得る最高の、そしてもっともおもしろい釣りを楽しむことができるのである。しかし、六月が過ぎると、七月には幾日かのよい釣り日和があろうが、正直言って、私はなんとなく落ち着かない気持ちになる。そんな気持ちはいままであんなに多くの楽しみを与えてくれた川や田園にたいする忠誠を欠くように思えるので、私はその気持ちとたたかう。しかし、その気持ちはまるで渡り鳥の本能のように強い。渡り鳥のあるものは暖かい時期が終わるずっとまえに、彼らが要する餌その他がまだ豊富なのに、夏の棲みかを捨てて行ってしまう。

夏が深まるにつれて、イングランド南部の森林の美観はおとろえを見せて、秋の陰気な単調さと静寂へと落ち込んでゆくのが感じられる。また、岸辺の草生えは弱々しすぎるように思え、空気には新鮮さがなくなる。そうすると、意識的に変化を望むわけではないのだが、自然に北方の荒い岩石の川や、肌を刺すような空気のことを想いはじめる。平坦な流れのチョーク・ストリームとその水車場やダムや水門、またその澄んで穏やかな水――すべては従順で、完全に管理されていて、なんとなく無気力のように見えてくる。そして、荒々しく音を立てて流れる北方の川と、洪水が治まって澄みつつあるその褐色の大きな淵などの映像がはっきりと眼に浮かんでくるのだ。それらのかたわらに自分が立つことを想像しているうちに、じっさいそこへ行きたくてたまらなくなる。

舞台を替えることだけが望まれるのであったら、何もむずかしいことはないが、これをどういうふうにして、七月半ばから八月をつうじて九月に入る時期の最高の釣りに結びつけるかが問題である。運よく洪水に出くわしたら、釣果の上がる鮭川もあるだろうが、この時期に最高の鮭釣りは望めない。釣り人が期待できるのはグリルス[*1]か、小型の鮭だけだが、これらの体調は悪くない。大きい竿と鮭用の強い鉤素を要する大型の魚は、概して海から上りたてのものではなく、体調もよくない。

　しかし、この時期が最高というより、むしろ七～九月の三か月だけをよい時期とする釣りがある。この三か月間にシー・トラウト[*2]が海から上ってくるので、その頃それをねらうのが最高の釣りになるのだ。シー・トラウトを求めて釣りに行く川は、一般にそう大きい川ではない。その理由は半ばシー・トラウトの習性にあり、半ば人間による川の管理と入漁料の問題にある。大きい川にはシー・トラウトが自由に上れると同時に、鮭もいる。そして、もし釣りが許されるとすれば、入漁料を払って釣るのだが、鮭がいる場合、シー・トラウトだけの釣り場と比べて、はるかに高い入漁料を払うことになる。

　大きい川のシー・トラウトは、鹿の狩猟場にいる雷鳥のように考えればよく、釣り人が鮭を期待しているのに、シー・トラウトがあちこち泳ぎ回って、勝手に鮭用の毛鉤にくるのだから、むしろやっかい者とさえ見られている。もし大きい川の近くに住んでいて、シーズン中いつでも釣りができるのなら、七月の後半と八月の初めは、小さい竿を持ってゆき、シー・トラウト釣りに専念するとよい。しかし、この時期には、鮭とグリルスが流れや淵でよく姿を現わすので、一年にわずかな鮭釣りしかできない釣り人は、姿の見える鮭に賭けて、シー・トラウトは顧みない。大きい獲物が絶えず姿を見せているとき、それをねらわずに、小さいほうの魚を釣って満足するのはむずかしいことだが、けっきょくは第一級のシー・トラウト釣りを楽しむ機会を逸して、ごく平凡な鮭釣りの一日を過ごすことになろう。

私は、シー・トラウトがスコットランドの一級の鮭川に上っていた七月の一週間のことを思い出す。徒渉して容易に近づける非常に長い流れと淵に、シー・トラウトが多数、体を休めていた。そこには鮭とグリルスもいたので、私はもっぱら鮭用の毛鉤と鉤素と一七フィートの竿だけを使った。一〜三ポンドのシー・トラウトがつづけざまに鉤に掛かったが、こんな大きな仕掛けでは、もちろん何のおもしろ味もなかった。もし私が甘んじて小さい竿を使い、流れのわきと、比較的静かなところを、シー・トラウト用の毛鉤で釣っていたら、素晴らしいシー・トラウト釣りを楽しむことができただろうし、たぶん小型の鮭やグリルスも鉤にきたことだろう。

もちろん全水域をきちんと釣るためには、鮭用の竿でなくてはならない。とにかく私が鮭の道具に終始して釣った結果、五日間の合計は鮭四尾（大型はなし）、グリルス六尾、ほかに海から上ったばかりのシー・トラウトが何尾か釣れたが、これは釣趣《ちょうしゅ》の点では勘定のうちに入らない。そのときの思い出は、せっかくの好機をむだにしたという思いであり、その後こんなことはけっしてくり返さずにいる。しかし、ひるがえって考えてみると、もしふたたび私があのときと同じ釣り場にいて、条件が同じだとしたら、かつて七月に私のある友人があの釣り場で、新しく遡上《そじょう》した鮭とグリルスを一日に計一四尾も釣り上げたことを思い浮かべるはずだ。そして、もし私がシー・トラウト釣りに熱中したら、その友人にかつてもたらされたような一日をもつ機会を見逃すのではないかという思いに、苦しめられたかもしれない。大きい川でのシー・トラウト釣りには、このような複雑さがある。

大きい川がかならずしもシー・トラウト釣りにもっとも適当な川だというわけでもない。シー・トラウトは鮭とちがって、何日も何週間も強い流れに留まっていることを好まない。彼らがもっとも好むのは、可能なかぎり速やかに、深く静かな場所にたどり着くことだ。したがって、湖水へ容易に行ける小さい川とか、そういう川自身の深く静かな水路などが、シー・トラウト釣りに最適の場所である。

これらの川の流れの中や、比較的短い淵は、そこに魚がいさえすれば、よい釣りができる。だが、忘れてならないことは、シー・トラウトは流れのある場所を速やかに通り過ぎてしまうということ、また、川における最高のシー・トラウト釣りはシーズン中の何週間かに限られ、それもシー・トラウトが海から遡上するときの川の特殊な状況によるということである。海からさかのぼる魚の数がもっとも多い時期は、七月と八月だ。この二か月のあいだは、海から小さい川の河口に来て、潮の満ち干に漂いながら洪水を待っている。洪水か増水のあるたびに大量の魚が川を遡上し、水位は依然として高いが、水位が下がりつつあるときが、釣り人にとっては最好機である。

七月も末近く、誰か釣り人がよいシー・トラウトの川ですでに何日間か釣っていたと仮定しよう。数週間も雨が降っておらず、彼はあちこち歩き回ったが、ほとんど釣果はない。彼はしかし、河口ではたくさんのシー・トラウトが遡上する機会を待っているのを知っている。そして、ついに雨が来た。まず、土が湿った。次に路上に水がたまりはじめた。やがて小さな流れが丘の斜面に現われた。雨足はもっと激しくなり、雨は降りつづく。釣り人は夕方おそく雨の中を、川の水位が上がりはじめたのを見に出かける。夜は寝どこの中で屋根を叩く雨の音を聴きながら、ほんとうに都合のよい増水への確信がますます強まるにつれて、彼の胸の中でも、興奮の流れが高まるのを感じる。

夜が明けて、天気がよければ、小さい川の水位は高いが、まもなく水は引きはじめるだろう。釣り人はよい釣り日和を確信して、気に入りの釣り場へ行く。一つ淵のかたわらに立ったときの喜びに、胸がふくらむ。この淵は何週間ものあいだ水かさが少なすぎ、淵頭はわずかにちょろちょろ流れているだけで、淵の深い部分はほとんど流れがよどみ、淵尻《ふちじり》は浅く、水が澄みすぎて、絶望的であった。そして、いまや淵は躍動と生命に満ち、素晴らしい水の色をしている。それまで気の抜けたように流れていた本流は、こんどは生き生きと流れ下り、水面は荒々しく音を立て、水面下の深いところは滑らかに重く流れ、水流は一貫して上々である。その淵の全体に、生き生きとした性格がうかがえる。このような淵なら、どんな魚がやって来ても不思議ではない。それは小型のシー・トラウトかもしれないし、二〜三ポンド、あるいは四ポンド級のシー・トラウトかもしれない。また、グリルスか小型の鮭かもしれない。

これがチョーク・ストリームの鱒釣りとはちがう第一の魅力なのだ。つまり、魚の型がさまざまだということである。釣り上げられるシー・トラウトの平均重量は、小さい半ポンドのものも含めて、一ポンドを少し超えるくらいだろうが、シー・トラウトの川では、グリルスや小型の鮭にしょっちゅう出くわすから、五ポンドないし一〇ポンド、あるいはそれ以上の大物を鉤に掛けるチャンスがあり、ときとしてその確率は高い。シー・トラウト自身も重量級のものが鉤に掛かるが、五ポンドないしそれ以上のものは、そうざらには掛からない。川の水位が高く、流れが強い間は、もっともよいポイントは、深い淵や瀞の尻の滑らかな流れの中とか、長い浅場の頭の静かに小波の立っている流れの中だが、どの川でも、最高の場所への確実な道案内は、経験だけである。誰も指導してくれる人がいない場合、釣り人は魚のいそうなところをくまなく釣ってみて、自分で覚えなければならない。努力さえすれば、彼はまもなくよいポイントを探し出すだろう。川の状態や、遡上する魚の習性などに関する自分の知識が、じっさい自分の釣りだけによって得られたものだったら、特にうれしい。

釣り人は、彼だけが他の誰よりもよく知っている特別の場所を見つけたと、いつも自信を持っているものだ。この自信はうそではないだろうが、これは他の釣り人たちについても言えることだ。なぜなら、みなそれぞれさまざまな経験をしていて、よく知っている川の知識でさえシーズンごとに何かしら新しいものが加えられるからである。洪水によって、川底も川岸も次々に変わってしまうものなのだ。

シー・トラウトにはその型が予測できないという楽しみな不確実性のほかに、もう一つ不確実なのは、魚のいる場所である。この魚はいつも群れをなして泳いでいるようで、川の一マイルほどの間は魚がいっぱいいる割には、その上流と下流には少ししかいないものだ。川が増水して魚を移動させてしまったら、釣り人は魚がどこへ行ったか探さなければならない。もし得意の場所ですぐ見つからないようだったら、いくらか離れた場所で探ってみるとよい。ただし、いつも忘れてならないのは、すでに探ってみた淵に魚がいるかもしれず、あとになって毛鉤にくるかもしれないということだ。川のどの部分もたんねんに探ってみずに、あちこち歩き回って、せっかくの一日をふいにしてしまうこともありがちなことを忘れてはならない。

シー・トラウト釣りには、もっとも大きい魚の居場所を確かめるために時間をかける傾向がある。これも慎むほうがよい。それよりも、最初に成果をあげた場所か、魚の姿を見た場所に留まることだ。川の水位が高く、水に濁りが出ているときには、一般に魚は水を跳ね返したり、飛躍《ジャンプ》したりして存在を示すようなことはあまりない。しかし、釣り人の願いはまず第一に魚がどこにいるかを見つけることであり、それがしばしば非常にむずかしいのだから、魚がそういう動作に出てくれれば、この上ない助けになる。それぞれの釣り場で魚の数や型をだいたい知ることのできるチョーク・ストリームの釣りと、シー・トラウトの川での釣りとではなんと大きな相違のあることか。苦労してまず魚を探さなければならないということが、野生をおびたここの釣りの困難になんと大きい負担を加えていることか。

シー・トラウト釣りには魚の跳ねを待つということはなく、絶えず釣りつづけ、足を使い、いろいろ試してみることを要し、日和がよければ、どこにいちばんよい型の魚がいるかを確実に探し出すためには、一日が短すぎるくらいに思える。

宿なしの放浪者

シー・トラウトは宿なしの不思議な生きもので、ブラウン・トラウトとの習性の相違は、野禽または山鴫《やましぎ》としゃことの相違ほどかけ離れている。気まぐれで放浪性のあるシー・トラウトは、釣りや釣り具について、永く一貫して仕込まれることがなく、毛鉤や、鉤素や、カースティングなどにたいする感覚はそう鋭くもなく、洗練されてもいない。こういうところがブラウン・トラウト[*3]とはちがう。シー・トラウトの淡水域での食欲は気まぐれで、特定の毛鉤を待っているということがめったにないから、毛鉤の選び方がむずかしい。釣り人は、技術の優秀さや、特に細かい仕掛けに頼るよりも、魚の機嫌と、増水後の川についての自分自身の知識に頼るしかない。シー・トラウトは機嫌のよいときなら、ブラウン・トラウトに負けず劣らずよく毛鉤にくるが、特に淡水域では、毛鉤に関心を示さない時間と、断固として毛鉤を追わない時間のほうが比較的長い。鮭の場合と同じように、シー・トラウトも都合によっては、産卵期までに要する脂肪分を充分に蓄えなければ川に入ってこないのではないかと私は思う。しかし、シー・トラウトのほうが積極的で、すばしこく、眼の前に来るものに興味をもちやすいためか、たしかに鮭よりもよく毛鉤にくる。増水後の川で私の毛鉤にきた一尾はふつうのこうらくろなめくじを何匹も呑《の》んでいたが、これから考えると、シー・トラウトもときには食欲をもって淡水域に入ってくるのは明らかである。そうは言うものの、シー・トラウトが岩や石の多い澄んだ淡水域で多量の餌を見つけることは期待できないし、その必要もないはずだから、釣り人としては、この魚がしばしば就餌することとは無縁の生きもののようにふるまうことを覚悟してかからなければならない。

　シー・トラウトの当たりは概して大胆であり、荒々しくさえある。ときによると、水を泡立てながら音もなく毛鉤にくることもあり、毛鉤が深く沈んでいると、水面に何の予告もなしに来ることもある。しかし、シー・トラウトの典型的な当たりは、何かしらの音をともなう。暗い水の中で白い泡を立ててすばやく身を躍らせたとき、糸が張っていたら、向こう合わせで鉤に掛かってくる。シー・トラウトが毛鉤を捕えるやり方はしばしば非常に激しく、敏捷だから、細い鉤素を使うのは安全ではない。広々とした、障害物のない場所で三～四ポンドの魚とやりとりし、釣り上げるのに充分な強さの仕掛けでも、二ポンドのシー・トラウトが毛鉤に飛びついてくるときの急激な引きにたいしては、つねに大丈夫とは言えない。

シー・トラウトには、水面を気楽に浮いてくる羽虫を捕食する習性はない。たまにはこういうことをするかもしれないが、ブラウン・トラウトのようにこういうやり方には慣れてはおらず、水中で魚から逃げようとしてもがいているかに見える毛鉤にくる。日によっては、毛鉤に当たったほとんどすべての魚が向こう合わせで、釣り人としては注意も必要とせず、何の苦労もいらないことがある。反対に、よく晴れた、水位の低い日に多いのだが、魚がおくびょうになっていて、当たりの弱い日がある。こういう日には、細い鉤素を使い、合わせをすばやくし、鉤に掛かったら糸を長く出して、慎重に釣れば、かなりの成果を上げることができよう。

また、シー・トラウトが勇敢に、かつ楽しんでいるかのように毛鉤に飛びつこうとするのだが、毛鉤に触れることにさえ失敗ばかりしているような日もある。「失敗」

していると言ったが、じつは言葉の誤用で、こんな日には魚はほんとうに毛鉤を捕ろうとしているのではなくて、跳ねは魚の上機嫌とあふれるばかりの活力との発露にすぎないと私は思うのだ。したがって、釣り人は魚が跳ねるたびにチャンスと思ったにちがいないが、たぶん、その際に魚がまったく口を開かなかったのであろう。

ときには、毛鉤にきて鉤に掛からなかったシー・トラウトがふたたび当たることもあるのだが、この点まったく確かではないので、私としては、二度目の当たりを期待して同じ魚を二度ねらうことはしない。鮭の場合なら、一度当たって毛鉤を捕りそこなっても、二度目を期待することができる。最初のカーストの鉤で傷つけられず、したがって何の言いわけもせずにシー・トラウトが二度目のチャンスを与えるのを拒絶すると、釣り人は何か不当な仕打ちを受けたような気がして、腹が立つものだが、別の魚が次から次へと当たりながら、それぞれたった一度ずつしか当たらず、鉤に触れもしない日もあるのだ。しかし、シー・トラウトは毛鉤にきさえすれば、だいたいしっかりと鉤掛かりする。

シー・トラウト釣りは特に水の状態にかかっているということは先ほど述べたとおりだが、増水後に川の水位が下がりつつあるときが絶好のチャンスで、もし前もって洪水のために魚が遡上しており、ひきつづきかなり深い淵と長く深みのある瀞さえ残っていれば、川全体の水位が低くなっても、釣り人は悲観しなくてよい。水位が低ければ、これらの場所に魚は集まり、もし微風が上流か下流へ向かって吹き、適度に小波を立てているようなら、充分満足できる釣果が得られよう。小波がなく、日差しの強い日でも、「ハーリング」などいろいろな呼ばれ方をしている、小型シー・トラウトのおもしろい釣りができるだろう。これらの小型のシー・トラウトは、大型のシー・トラウトが遡上したあとに、群れをなして川を遡上する。その平均は半ポンドから四分の三ポンドにすぎないが、他の魚が見向きもしない毛鉤にきて、非常に元気に、力強くたたかう。

私はかつてある小さなシー・トラウトの川で釣っていた。八月のとても暑い、晴れわたった日であった。川は細り、流れは弱く、静かに流れる場所は水面が鏡のように滑らかで、岩肌がむき出しになった西部諸島の川の部分に典型的に見られるように、水はほとんど泥炭色を帯びず、非常に澄んでいた。魚はまったく流れのない場所にいたが、やっと足りる程度の深さしかなく、釣りは望みのないように見えた。私は腰を下ろして、毛鉤箱を開けた。通常サイズのシー・トラウト鉤は、このような日にこのような川で使うには、適当なサイズの倍もあるように思えた。これでやってみる気にはならなかったし、アンドローン・ガット（第8章を参照）はぞっとするくらい太く感じられた。しかし、眼の前には川があり、釣りのための一日があり、魚もいた。そして、私は宿から七マイルも離れた場所にたった一人でいた。どうにかしなければならない。私は適当にテーパーされた鱒用のカースティング・ラインを取り出し、その先端についている上等のドローン・ガット（第8章を参照）の先に、さらに一ヤードほどの強い、透明なてぐすをつないだ。毛鉤はブラウン・トラウト用の通常サイズのブラック・ハックルを結んだ。

もちろん重い魚籠など問題外だ。水底には大型のシー・トラウトがいたが、私の毛鉤にはこなかった。それでも、小さい竿と小さい仕掛けで一〇ポンドほどの釣果を得た。みんな小型で、もっとも大きいのでさえ一ポンドに達しなかったが、よくたたかう魚も多く、けっこう楽しむことができた。条件のむずかしさが釣りをおもしろくし、私を仕事で手いっぱいにしておくほどの成果はあった。その成果は目覚ましいものでなかったとはいえ、少なくとも困難を克服して、はじめ絶望的と見えた事態を切り抜けた喜びを味わった。また、これはとても美しい釣りだった。魚が毛鉤に届かなかったり、水中で毛鉤を捕えたりしても、釣り人は銀色の魚のきらめきを見ることができるのだ。

同じような状況のもとでも、微風があれば、新しく遡上した一ポンド半までの魚が気ままに毛鉤を追う。新しく遡上したシー・トラウトはいつでも非常に口が弱いので、小さい鉤を使うと、いくら慎重に扱ってもばらすことが多いのを覚悟しなければならない。

魚の中で、大きさの割りにもっともよくたたかうのは、シー・トラウトである。海から遡上したばかりのこの魚の力は、同じ型のブラウン・トラウトよりも強い。そして、だいたいよそ者か、よく言って臨時の訪問者だから、鈎に掛かってもどこか知っている避難場所へ逃れる努力などしないで、そこらじゅうをむちゃくちゃに走り回る。このようにシー・トラウトの闘争はブラウン・トラウトより強力で、場合によってはさらに積極的であり、敏捷に身をひるがえす。他のどんな魚でもシー・トラウトほどとつぜんの疾走や、水上への跳躍で釣り人の不意をおそうものはないから、充分の警戒を要する。鈎に掛けてからの闘争ということになると、私はほんとうの楽しみと敏速な感覚という点で、他のどんな魚よりもシー・トラウトを選ぶ。新しく川を遡上してきた三〜四ポンドの元気なシー・トラウトを相手に、片手振りの竿と細い仕掛けでたたかうのはこたえられない。

小さい川でこの種の釣りをするには、非常に強じんな片手振りの竿がよい。こういう竿は魚を鈎に掛けてからの釣趣が大きいばかりでなく、緻密《ちみつ》な釣りができるし、両手振りの竿で安心して使う鈎素よりも細いものが使える。細い鈎素を使えば、水の色が濃い場合を除き、毛鈎にくる魚の数がかなりちがう。小さい竿を使えば、度胸と忍耐力のある釣り人なら、テーパーされたカースティング・ラインと、かなり細いてぐすで、鮭さえも釣り上げることができよう。ただし、川に木の根や水草のような障害のないこと、釣り人が魚の走るのに応じて川岸を歩行できること、あるいは川を徒渉できることが条件である。

ときどきシー・トラウトの竿と小さい仕掛けにグリルスか鮭が掛かるという大事件が起こる。長い、とてもおもしろい勝負が始まり、釣り人の全神経は興奮で緊張する。はじめに彼はなるべく控えめに仕事をし、仕掛けを傷つけないために、できるだけ魚にしたがって動くことだ。むやみに糸を出すと、糸が水流に巻き込まれてしまうおそれがある。しかし、はじめから下流の都合のよい場所を選んで、そこへ魚を誘導する努力をするのだ。できるだけのことをしたのに、相手が望んだ場所に着くのが早すぎて、釣り人からふたたび遠ざかってしまうことが少なくない。その場合、あらためて適当な場所を見つけ、これに照準を合わせて行動しなければならない。

魚との闘争の最後の段階で、釣り人が、仕掛けの安全のためばかりでなく、勝利のためにたたかうときが来たと思ったら、魚を誘導するのにもっともよい場所は、大きな石のない平らな砂利の岸を控えた、静かなよどみである。流れの滑らかな浅場も悪くはないが、よどみに入るとたたかい疲れた魚は急に混乱し、自分の無力さを感じる。シー・トラウト用の仕掛けと片手振りの竿で元気のよいグリルスか鮭を釣り上げた釣り人は、敏捷、判断、決意、忍耐、自制などの資質をよく活用したにちがいなく、何が起こったにしても、その日の釣りの幸運がそこなわれなかったことを喜んでよい。

湖水のシー・トラウト

この章ではこれまでシー・トラウトの川釣りだけを話してきたが、釣り人たちはおそらく川でよりも湖水でこの魚をより多く釣り上げていると思う。これは残念なことだ。もし湖水に入ることができるのなら、シー・トラウトは川に留まらず、湖水に着いてはじめ落ち着き、やがて細流へのぼって産卵する。湖水釣りは明らかに川釣りほどおもしろくない。湖水には流れとか、淵とか、水の状態にそれぞれ異なった独特の個性がないし、釣りも多くの場合はボート釣りである。ボートは風を受けて横に流れ、釣り人はいやでもつねに彼の毛鉤に近づいてゆき、自分自身の方向に向かって仕事をすることになるのだから、やりにくい。釣り人たちはほとんどみな陸《おか》釣りのほうが好きだ。安定した地上からは好きなときにカーストでき、好きなように動けるし、気に入った場所に留まることも自由だからである。

しかし、湖水によってはシー・トラウトは湖岸近くにいるから、陸からでも釣れるし、徒渉して釣ることもできる。そうなると、釣り人には自由があり、よい釣りが楽しめるだろう。ただしこの場合、広い水域を釣るためには両手振りの竿を使うほうが有利である。湖水釣りには、よほど荒れた天候でないかぎり、仕掛けを細くすることが大切だ。岸から釣るのだと、魚の動きに応じて動くことができるかどうか確かでないから、じょうぶな糸を使うよりも、糸を送り出して釣るほうがよい。

私は鱒用の仕掛けと片手振りの竿に五ポンド近いグリルスを掛けたことがある。そのとき、リールには三〇ヤードの糸しか巻いてなく、陸釣りだったのだが、あいにく湖岸にはボートがなかった。グリルスがほとんどリール・ラインいっぱい持ってゆく危機が二度あった。私は最後の手段として、二回ともぎりぎりまで糸をゆるめてやり、魚が自由になったと感じて逃走の努力を止めるよう願った。そのたびに魚はとまどった様子で、きわめてゆっくり、用心ぶかく、私にいくらかの糸を巻き取らせた。この方法がはたして破局を回避するのに役立ったのかどうか確かではないが、急場に試してみる価値はあるだろう。とにかくグリルスは無事に釣り上げた。

湖水でのシー・トラウトは、川にいるときよりもずっと気まぐれである。一般に、これは天気のせいにされている。どんな日でも、魚が毛鉤を追わず、したがって釣りにならないとすると、私はいつも天候に何かしら原因がありそうだと思う。じつは、私は楽観的すぎる性質なので――この病気がなおらないことを願っている――、夜になると、風とか、空模様とか、気温とかに何か変化があるように、あるいは変化が来そうに思われ、次の日はまったくちがった天候になるだろうと考えて満足する。私は楽しい予想に満ちて明日を待つことにしている。しかし、いくら天候を研究しても、満足のいく結論はいまだに得ていない。

私にとってシー・トラウトの川釣りでこれまでに最高の日は、水位がそれほど高くない、東から強い風の吹く陰気な八月の日だった。湖水釣りで最高の日は、よく晴れた暑い日で、釣りには充分とはとても思えないほどのひそやかな風があった。正午まで当たりはなく、魚をたった二尾見ただけだ。やがて風がよくなり、さざ波がいくらか立ちはじめ、ががんぼがたくさん来て水面に散らばると、湖水の小さい、黒い鱒は上機嫌でこれを追って捕食する。私はじっさいにはシー・トラウトが喰うのは見なかったが、水面の泡立ちが大型の魚の来はじめていることを示した。その原因はががんぼだと思う。いつでもシー・トラウトの存在がわかれば、私は湖岸からそこまでカーストする。そして、シー・トラウトは私の毛鉤にきた。

シェットランドにはとてもおもしろいシー・トラウト釣りがあり、私もかつて経験したことがある。私の行ったところは一万二〇〇〇エーカーもある広大な私有の島で、あらゆるホテルから遠く離れていた。島には大小多数の入江があったので、海岸線は三〇マイルもあり、すべて荒磯であった。島には数え切れないほどの湖水があり、その水はほとんど海岸の崖から海へ落ちていて、そこを魚が遡上することは不可能だったので、シー・トラウトのいる湖水はたった二つしかなかった。これら二つの湖水からそれぞれ一本ずつの小さい川が流れ出ており、共同の河口からおよそ一マイルくらいの地点で合流していた。

この土地ではシー・トラウト釣りについてはほとんど知られていなかったので、釣りに入ったのは、はじめのうちは私一人だけだった。私は海水と淡水の両方を探ってみる期待に心をはずませた。そこは海岸も川岸も変化に富んでいた。私が最初にその小さい川を見たとき、水位は非常に低く、比較的深いところでも陰気な黒い溝のように見えた。この川の水量はあまりにも少ないので、河口の岩場を魚が遡上するのは不可能と思われたのだが、それでも泥炭色の穴には上ってきたばかりのシー・トラウトがいて、毛鉤によくきた。八月下旬と九月中の増水のとき、多くのシー・トラウトとグリルスが遡上したので、淵にはその魚がいつも見られ、水位のいかんを問わず、喜んで毛鉤にくるのだった。

湖水釣りのほうはそうはゆかなかった。ボートはなく、水底は柔らかい泥炭で、徒渉は妙なぐあいだった。数歩進んだかと思うと、足が柔らかい底にはまり込んで音を立て、泡がいっせいに上がってくる。まるで抵抗のない地盤に立っているようで、とつぜん崩れ落ち、奈落の底へ落とされるかもしれないという気持ちになる。湖水にはしっかりした地盤はまったくないのだが、私はそのうちに柔らかい泥炭と泡との危なっかしい感じにも慣れてきて、やがて恐ろしさも消え去ったが、最後まで用心だけは忘れないでいた。ここの湖水に起こるもっともやっかいな現象は、風雨の一夜が明けると水がまったくどろどろになることだ。また、まれにはその合間に短いが静かな日和もあるのだが、そういうときでさえ、水面いっぱいに細かいごみが浮いていることだ。水が澄んでいたら、魚はもっと喰っただろうと思った。しかし、この状態でも、水の色が黒いあいだはいくらかは喰ったが、褐色になったら、ここの釣りはまったく望みがなかった。

海の入江のシー・トラウト

第三番目の、そしてもっともおもしろいのは、海の入江の釣りだった。一つの入江は直径二マイルほどあり、四分の一マイルほど離れた二本の小さい川が海にそそぎ込んでいた。大きい地図で見ると、よさそうな場所なので、状況を見たり聞いたりしようと思って、ある日曜日の午後、そこへ出かけた。ちょうどそこに何人かの農民がいて、そのうちの一人の話によると、九月には入江で魚が跳ねているのが見えたという。そして、誰かそこで釣ったことがあるがだめだったそうだ。それなら望みがある、と私は思った。シェットランドで魚が見えたのなら、釣れるかもしれない。そこで、一つ試してみようと思って、また出かけた。

私はその朝ほどみじめな朝を過ごしたことはめったにない。シー・トラウトは影も形もなく、海草の中を徒渉しながら何の変哲もない海の水へ、小さい毛鉤をスプリット・ケーン竿[*4]（六角竿）で振り込む——まったくばかげた狂気の沙汰に思えてきた。ここの川は小魚しかいないほどの大きさで、私は何も見つけることができなかった。絶望感に不快感が加わった。私はレインコートを忘れてきたし、ここから宿へ帰るには、何マイルもの泥炭の湿地を通らなければならない。朝のうちは好天気だったのに、十時を回った頃から寒い無慈悲な荒天になり、風と強い雨が入江に激しく打ちつけた。もし深い入江へ入るための徒渉用長靴を着用していなかったら、この天候はとても耐えられるものではなかった。しかし、レインコートなしに、わきの下ちかくまである徒渉用長靴を着用して激しい雨の中に立っているのは、まるで自分を雨水をためる容器にするようなものだ。荒涼とした丘がすぐ背面にあって、激しい雨がその丘の上から叩きつけてくるたびに私は海から退却して、その狂暴な風雨がいちおう通り過ぎるまで、浜辺にあった古い舟の陰にうずくまっていた。

何時間も竿で海面をむち打ち、海草ばかり鉤に掛け、そのうえ暴風雨を避ける苦労をすると、私はもう精魂尽きはててしまった。私は空しい絶望に打ちのめされて、帰ろうとした。海を背にして数歩足を運んだとき、私は水音を聞いた。ふり返ると、魚の跳ねたのがわかった。その日はじめて見る魚の存在のしるしだ。私は急いでその場所に戻り、ほとんどすぐシー・トラウトを釣り上げた。そして、残りの二～三時間の釣果は、次々と毛鉤にきたシー・トラウト一六ポンドであった。あまり重い魚籠とは思わないかもしれないが、ずっしりと重い徒渉用長靴といっしょに荒野をかついで歩くのはかなりの荷物だ。しかし、朝のうち感じた暗い予想のことを思えば、けっして不愉快な荷物ではなかった。絶望から満足へのうれしい逆転であり、おそらく開拓者や探鉱師が未開の土地へ入って成功したときに味わう気分ではあるまいか。その日に釣ったもっとも大きい魚は三ポンドに達しないものだったが、一～二尾のよい型のを海草の中でばらしたし、もっとずっと大きい魚の姿も見た。

われわれはまだ、入江とそこのシー・トラウトについて学ぶべき点が多かった。魚は潮の満ち干にしたがって動くのであり、その習性を理解し、行動を研究しなければならなかった。ときどき川が洪水になって、泥水を押し流し、それが海水の上を流れるのだった。都合のよい風が吹けば、泥水はじきに沖へ運ばれてしまうが、もし風が沖から入江に向かって吹くと、泥水が入江の岸辺にたまり、釣りは不可能になる。これらのことを覚え、その場所にひめられた他の悪戯《いたずら》や秘密を知るのには、だいぶ時間がかかった。

この海にいる鱒の一部は、ブラウン・トラウトだった。われわれの釣り上げたいちばん大きいのは四ポンド四分の三あり、その他二ポンドを超える魚が数尾あった。ブラウン・トラウトはシー・トラウトとはまったく別の魚で、体側の下部は黄色で、紅い斑点が少しついているが、肉の色と味はシー・トラウトと同じようだ。われわれは入江の中で跳ねるグリルスや小型の鮭も見た。十月になると、これらの魚は淡水にはまったく入らなかったのに、体色が真っ赤になる。われわれの鉤にはついに一尾もこなかった。私が思うに、鮭、シー・トラウト、ブラウン・トラウトなど、ここの大型の魚は、産卵の機が熟すまで川に入ろうとはしない。時が来て、洪水があれば、川を少しばかり遡上し、産卵がすむとすぐまた海へ戻るにちがいない。

聞くところによると、シェットランドにはほんとうの鮭はいないという。しかし、われわれは確かに三〜六ポンドの魚をたくさん釣り上げた。まったくグリルスのような魚で、よそでなら躊躇なくグリルスと言うだろう。この魚はシー・トラウトとはまったく別種だが、大きさの点では、両者は一部一致する。われわれの釣ったもっとも大型のシー・トラウトは、もっとも小型のグリルスよりも大きかった。入江で跳ねていた大型の魚の一部は明らかに鮭で、毛鉤の代わりに何か大きい餌を使っていたら、何尾かは掛かったかもしれない。しかし、われわれはずっと毛鉤で何らかの釣果をあげていたので、さらに期待しつづけ、いろいろな毛鉤を試しているうちに、時がたってしまった。叉状《さじょう》に切れ込んだ尾びれその他の特徴にもかかわらず、私の釣り上げた魚が大型のグリルスであるか、小型の鮭であるかを識別するのは、いつも容易ではない。しかし、シー・トラウトとグリルスとの相違は明瞭なはずで、前者は間違いなく鱒の一種だけれども、後者はちがう。

海水と淡水との間を移り住むサケ科（サルモニデー）の魚は、一般に次の三種類に分類されている――＊5サルモ・サラール、サルモ・エリオックス、サルモ・トルッタの三種である。そのうち、サルモ・エリオックス（ブル・トラウト）については私は経験がない。非常に力の強い魚と言われるが、釣り鉤にはほとんどこず、コケット川などにいることはいるが、釣りの対象魚としては役に立たないということである。しかし、春になって産卵をすませた時期には、毛鉤をかなりよく追う。サルモ・トルッタ（サモン・トラウト、別名シー・トラウト）は、その大きさとしては、世界中でもっとも素晴らしいスポーツ釣り用の魚だと思う。サルモ・トルッタには二段階があるように思われる。普通一～五ポンドのものが成魚だが、これは例外的にはもっとずっと大型に育つこともある。もう一つは四オンスから一ポンドまでの小型の魚で、少し遅れて大群をなして川に入る。この魚には川によってさまざまな呼び名があるが、一般にはサルモ・トルッタの仲間のグリルスと考えられていて、外観から、また、向こう見ずな性格から、頭脳的にも、肉体的にも、若い魚のすべての特徴をそなえている。

多くの川では、小型の魚の数は成熟したシー・トラウトの数よりずっと多いと考えられているようだが、シーズンをとおしては、グリルスの数と鮭の数の場合と同様に、その説は正しくない。私はシー・トラウト釣りが最高の釣りだと思うことがある。この釣りは野趣にあふれた鮭釣りと個性的な鱒釣りのおもしろさを兼ね備えていて、大きい竿とがんじょうな仕掛けを使わずに大型のシー・トラウトを掛けたときの興奮は格別である。鮭釣りに比べて、シー・トラウト釣りには決まった型や方式はあまりなく、釣り人はそれぞれの個性を発揮する余地があるのを感じる。その理由は、シー・トラウト釣りの季節が、人びとが都会のよどんだ空気の中で長いこと働きつづけたあと、やっと自由と新鮮な環境の中へ飛び出し得た直後に始まることにもよるだろう。

八月の北方の空の下で数日間体を動かせば、なんという大きな相違が生じることか。シー・トラウトを追って、独り谷間や原野を行く釣り人は、日常の生活にはあり得ないたくましい精力と強い活力とを感じるにちがいない。川に向かって速い足どりで一〜二マイル歩いたとき、素晴らしい健康感にあふれ、他の何よりもこれを楽しむことこそ、人生の目的だと思う。このときまでは、まるで肺の一部分でしか呼吸していなかった感じだったのに、いまはじめて肺の全部が空気で満ち満ちている心地がする。このとき、呼吸するということ自体に栄光がある。自然児という言葉がよく使われるが、こういうときこそ、その実感があろう。そして、野性生活の喜びを完全に理解し、それ以上望むものはなくなることだろう。ハイランド（スコットランドの山岳地帯）の荒野を歩きながら、私はときとしてこの喜びに思わずたたずむことがある。そして、吹く風を身に感じ、山々を、水を、光線を、空を見守る。そうすると、私は素晴らしい生命の流れの力強さだけを意識するようになり、ちっぽけな自己意識など一掃されて、私は周囲に見るもの全体の一部になる。

第7章

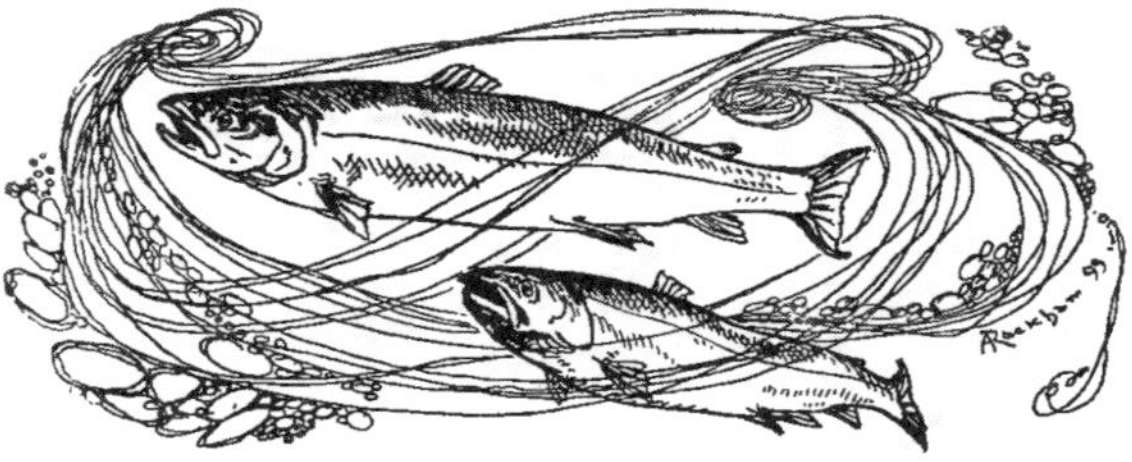

鮭釣り

スポーツ釣りの王者・鮭釣り

鮭釣りは淡水釣りのなかで最高の釣りである。私が特に「淡水釣り」と限定したのは、海のターポン釣り[*1]の経験がないからだ。しかし、いろいろ文献を読んでみたところでは、やはり鮭釣りのほうが上だと思う。両者の比較は、両方とも知っている人たちにまかせよう。鮭釣りにたいして、誰もが何か他の釣りにたいするのと同じような親しい愛情を抱いているかどうか私には分からないが、とにかくスポーツ釣りとしての鮭釣りの素晴らしさは議論の余地がなく、釣りの王座にあることを認める。魚の大きさ、川の規模、水流の強さ、恐ろしいほどの不安などがこの釣りの魅力である。それには心をかき立て、興奮させるものがあり、神秘的な要素があって、鮭のいる川と聞けば、そこで釣る機会を早くつかみたいと思う。

しかし、われわれは年をとるとともに選り好みをするようになる。鮭の毛鉤釣りのシーズンは、スコットランドのいくつかの川では一月半ば頃からであり、トウィード川では十一月いっぱいまでだが、われわれはその全期間にわたり同じ熱意をもって、これに臨むものではない。経験を積んだ釣り人がねらうのは新しく遡上した春の鮭で、このためには、イギリスの河川では一般に三月と四月が最高の時期である。もし私が一年のうち四週間を鮭釣りのために選ぶとしたら、三月半ばから四月半ばまでにするだろう。私は幸運にも、これらの月の数日間を数年にわたって、スコットランドの春季最高の川で釣ったことがあり、それ以来、秋の釣りはあまり重視しなくなった。鮭釣りの喜びは春にある。三月には、秋の降雨と最近の雪溶けが地中にしみ込んでいるために、川の水位はまだ高い。川は満水で、鮭は意のままに遡上し、好みの流れに就いている。シーズンに何か異状のないかぎり、釣りに必要な水量のあることは確かだ。

このシーズンに、はじめて早春の鮭川の岸に立つ瞬間の気分は格別である。これからの全シーズンの釣りの楽しさを想って、胸がふくらむ。これが新しい釣り年度の始めであり、竿の手ざわり、リールの音、絶えず流れる水の眺めなどのすべてが、川にあこがれながら川から離れていた長い数か月の後、ふたたび身近にあるのだ。それぞれの流れがすべて鮭を抱いているように見え、いまにも鮭が跳ねるように思えて、釣り人は興奮と逸《はや》る心にふるえながらカーストしはじめる。無尽蔵とも思える希望に、最初の数分間のなんと楽しいことか。いっぱいの希望をこめて、一回、また一回とカーストする。もし最初の淵をほとんど探り尽くし、当たりなしに過ぎると、釣り人の希望はいくらか締めつけられはじめる。しかし、ひきつづき満ち足りた気持ちで次の釣り場へ進み、まもなく新しい熱意と自信をもって釣りはじめるのだ。

私にとって、いかなる釣りの成功も、鮭釣りの成功の素晴らしさに匹敵するものはない。そして最高の瞬間は、言うまでもなく、じっさいに鮭を鉤に掛けたその瞬間である。いかに期待し熱望していたにせよ、魚が私の毛鉤に掛かったときの感じは、驚きと喜びとの衝撃だ。そして、鮭の重さと強さに対処しなければならないことを思って、とつぜん、ぞくぞくするような感じにおそわれる。さらに、魚を掛けただけでも、もう事が成就したときの、これで満足だという気持ちになる。

鮭を掛けたという満足感は、その後、長年すこしも衰えずに残っているが、掛けた魚とのやりとりはそれほど印象に残っているとは言えない。私が鮭竿ではじめて釣り上げた鮭にさえも、何かしら幻滅のようなものを感じたのを覚えている。私が少年の頃は、鮭釣りには特に運がなかった。十五歳のときから五年間、毎年八月または九月の幾日かを鮭釣りに過ごしたのだが、一尾の鮭も掛けたことはなかった。この期間中、いろいろと空中楼閣を築き、鮭とのたたかいは鱒を相手のときと同じようで、力の強さや、持久力や、活動力などの点で数倍大きいだけだと想像していた。もちろんそれは間違いで、鮭の習性のこういう組み合わせは根拠のないことだった。

ついに鮭を釣り上げるのに成功したとき、この魚の動きや転回の仕方が激しい速さを欠いているように思えて意外だった。新しく遡上した鮭のたたかいぶりはいつもみごとなものだが、あんなにきどらないでほしいと思う。ノルウェイのもっと流れの速い河川の鮭は、イギリス国内の穏やかな川のものに比べて、敏速さも、激しさもずっと上回っているようだ。いつかは私もこういう魚に出会い、それを鉤に掛けてから釣り上げるまでのたたかいに何時間もかけ、何マイルも追いかけるような目に会いたいものだ。これまでのところ、私は鮭竿での鮭とのたたかいに半時間以上かけたことはなく、鉤に掛かったところから二〇〇ヤード以上離れたところで上げるようなこともなかった。

鮭の毛鉤釣りは、他のどんな毛鉤釣りとも類似点はない。何かに似た面があると言えば、それは毛鉤釣りよりもむしろ生き餌で釣る場合のことだろう。とにかく鮭を釣るのなら、鱒釣りとの類推など頭からすっかり叩き出しておくほうがよい。

もっとも重要な点は、カースティングの技と、その川に関する知識である。カーストする目標は魚がいると思う場所より向こう側の上流で、流れによって毛鉤が生き生きと、魅力のある様子で魚の眼に入るところへ運ばれ、それから川を横切って、釣り人のいる岸に流し戻すようにする。これをするためには、釣り人は川を横切ってカーストするばかりでなく、下流に向かってカーストしなければならない。下流に向かってカーストすればするほど毛鉤が川を横切る速力は弱くなって、毛鉤が鮭の眼に入るチャンスは大きくなり、糸の見えるチャンスは小さくなる。そして、釣り人には、毛鉤が水中にあるあいだ絶えず手の感触でこれと接触を保つことがしやすくなる。

それだから、鮭釣りでは、比較的川幅が狭くとも、遠くまで糸を投げる能力が重要になるわけだ。また、魚のいそうな水域に糸が届くばかりでなく、適当な角度で流れなければならない。流れをまっすぐ横切ってカーストすれば、糸は真ん中あたりで丸く湾曲し、カーストの前半には、毛鉤はまるで死んだものが眼に見える紐で引っ張られて流れ下るような状態になるだろう。毛鉤は何か生きものが自分の意志で水の中を動き回っているように見えなければならないのだ。

釣り人はじっさいに彼の毛鉤をカーストし、操作するとき、特に二つのことを念頭に入れておくべきである。第一に、淡水に入った鮭は食欲よりも好奇心のほうが強く、餌を待ってはいず、自分のいるところへ餌が流れてくることなど期待してもいない。毛鉤が魚の注意を喚起するようにしなければならないのだが、それも魚に魅力を感じさせるようにやらねばならない。そのためには、何かが魚から逃げようと必死にもがいているように見せ、魚の食欲に訴え得ないにしても、その追撃の本能を呼び覚ますことだ。だから、毛鉤が生き生きした動きで流れを横切ることがだいじだと私は思う。第二に、鮭は川底か、その近くにいるのだから、毛鉤は水中深く沈ませるべきである。重い水の中でこうするには、毛鉤を激しく引っ張らずに、流れが自然に毛鉤に動きを与えるのにまかせるのがよい。そして、重い糸を長く使うことだ。私の知っているかぎり最高の鮭釣りの人は、春はいつも大きい竿と重い糸で釣っていた。彼の魚はほとんどつねに水中で鉤掛かりし、彼はその川で誰よりも多くの鮭を釣り上げた。

鮭の好む川底

もしわれわれが餌に就いている鱒をしばしば観察できるように、水中の鮭をもっと観察することができたら、その日その日に適する毛鉤の種類やサイズを選んだり、それを操作したりするうえで多くのことを学ぶことができ、大いに釣りの役に立つはずだ。二〜三時間釣っても当たりがないと、鮭は釣れないのではないか、毛鉤に見向きもしないのではないかという印象を受けるが、この二番目の心配は案外当たっていないことが多い。私は水中で休止している鮭の動静を観察したことがあるが、鮭はわれわれが見ない間に絶えず毛鉤に注意し、これを追っているものなのだ。

あるとき私は、友人といっしょにスピーン川の有料区域で釣っていた。七月のことで、川の水位はごく低かった。素晴らしい淵の一つに来てみると、あまりにも水が少なく、澄んでいるので、とても釣りにはならないと思った。しかし、淵の上の高い岩の上に立って見ると、二〇ポンド近くもありそうなみごとな鮭が一尾と四〜五尾の小型のが川の中ほどの平らな底石の上に並んで休んでいるのが見えた。われわれは、一人が淵へ下りていって釣り、他の一人は上に残って、何が起こるかを観察することにした。はじめに友人が行った。毛鉤が魚のところへ届くやいなや、小さい一尾が水面を乱さないまま、それを追った。何度も何度も毛鉤は同じポイントにカーストされ、小型の一尾がいつも動きを見せて、これを岸辺まで追いはするのだが、当たりはなく、じっさい鉤に触れもしなかった。

そこでこんどは私が下りてゆき、友人が上で観察して、報告する任務についた。私は大きい魚を動かすことに成功した。魚は二〜三度私の毛鉤を追ったが、小さいほうの魚は一尾もまったく動かなかった。また友人が竿をとり、一尾以上の小さいのを動かしたが、どれも当たりは見せず、大物のほうを誘い出すこともできなかった。そしてまた私の番がきた。相変わらず小さい魚はまったく動かなかったが、大きい魚が動き出し、私の毛鉤をぐるっと追って、毛鉤が流れ終わろうとするとたんに、ついに明らかな強いもじりを見せて毛鉤にきた。しかし、鉤掛かりはしなかった。

以上のことが成果にいちばん近いわれわれの働きであった。それでも、この半時間の興奮に満ちた釣りは、大いに楽しかった。これらの鮭にカーストしながらでは、魚を見ることはできなかった。もしわれわれが一人きりだったら、あのはっきりしたもじりが出るまで、とても辛抱し切れなかったにちがいない。そして後になって、魚の気配はまったくなかったと、自信をもって確言したことだろう。一つ不思議だったのは、われわれがそれぞれ毛鉤の種類とサイズを替え、またそれをお互いに交換し合って使ったのに、私は大きい魚を誘うことができたが、小さい鮭は一尾も動かすことができず、逆に友人は小さいのばかりで、大きい魚は動かせなかったという事実である。

この日、われわれには川を知ることの価値がよく解った。じつは、われわれは前にもこの淵でよく釣った。水の状態はもっとよく、魚は見えなかった。いまわれわれは魚のいる場所を現実に見たわけだが、それはまさしくこれまでにわれわれがいちばん多くの魚を喰わせ、鉤に掛けた淵の部分であった。なぜそこにばかり魚がいるのかと言うと、鮭が休んでいた、特にぐあいのよさそうな、あの平らな石にあると思う。しかし、あれを見るまでは、淵全体の中でなぜあの一つのポイントだけに特別な意味があるのかまったく解らなかったのである。

長年にわたってハイランドのある鮭川をよく知っている老ギリーが、これに似た経験を私に話してくれたことがある。その川には、四分の一マイルほどの深い、黒い河溝があって、木の茂った高い両岸の間を川は平らな流れとなって滑らかに下ってゆくところだったと言う。この部分はボート釣りで、老ギリーの話によれば、川の水位の高低にかかわらず、彼は長年の経験から、この河溝全体のうち、釣る価値のあるのは、わずか六ヤードほどの特定の部分だけだということを知っていた。なぜそうなのかは彼にはまったく解らなかったし、想像もできなかったのだが、あるとき空前の干ばつがおそい、そのとき彼は生まれてはじめて川のこの部分の底を見た。彼はボートで静かにその場所に行き、鮭がいっしょになって休んでいるのを見つけた。それは石の上で、その石は周囲の岩や小石よりもずっと平らで滑らかだったそうだ。

このようなことは、知識のある人たちからまず教わらねばならない。鮭釣りでもはじめはそれぞれの河川での先人の経験を信頼して、その経験を活用させてもらうことだ。われわれ自身で新しく川のもっともよい場所を見つけるには、一生かかるだろう。非常に経験のある鮭釣りの玄人《くろうと》は未知の川でもよい釣り場の見当をつけるかもしれないが、そういう人でさえ、用をなさない場所をよい釣り場と思ったり、素晴らしい釣り場を軽く見過ごしてしまうような誤りをかならずおかすものだ。

さて、鮭釣りでけっして忘れてならないのは、最良の釣り場に集中することである。どれがよい瀬か、あるいはよい淵であるかを他人から聞いて、それらの全部に同じように気を配って釣るのは、得策ではない。釣り人はよい釣り場と聞いたら、とにかくいちおうは全部釣ってみることだが、それぞれのよい瀬や淵の中のいちばんよいポイントに、彼の注意と技術と忍耐を集中すべきだ。鮭釣りで、もっとも成功するのは、名のある釣り場に近づきながら、心の中に期待感の躍動を感じる釣り人である。期待感と言ったが、じつはそれ以上のもので、それは以前の経験に基づいた信仰に近い。こういう釣り人の自信には、あたかもはじめから鮭を毛鉤にこさせる引力のような何かがあるようだ。自分がよい釣り場で釣っていることは知っていても、はっきりどの辺で魚の当たりを期待したらよいのか知らない釣り人は、誰かもう一人の、以前にこの淵で鮭を掛けたことがあり、この淵がよい釣り場であることばかりでなく、その中のどこがいちばんよいポイントであるかを知っている釣り人にはかなわない。

春の鮭

しかしながら、鮭釣りは、この本で取り上げた他のどの釣りよりも、運が物を言う釣りだ。鮭川では運が考えられないような離れわざを演じたり、あらゆる悪戯をしたりするが、やはりもっとも長い糸を巧みに投げ、川をいちばんよく知っている釣り人が、シーズン中にもっとも多くの魚を掛けることは間違いない。私は鮭釣りほど大きい期待を持たせておいて、しばしば骨折り損のくたびれもうけに終わらせる釣りをほかに知らない。鮭釣りはかなり単調なものだ。長い平らな流れの下手へ向かってカーストするたびに、そのまえのカーストのくり返しになる。それで何の結果も生まれないと、まず釣り人の期待も希望も消え去り、やがて機械的に釣っているにすぎない状態におちいりやすい。

夏と秋には鮭とグリルスがよく跳ねて姿を見せるが、春にはグリルスはいないし、鮭は跳ねない。そして、一日中いくらカーストしても、川には魚がたくさんいるくせに、影も形も見せないことがある。当たりなしに何時間もカーストすると、特にそれが過去にも一度、一つの毛鉤で釣って成果のなかった長い流れである場合、私はがっくり気落ちすることを白状しなければならない。いくたび私は川岸に腰を下ろして、役に立たない毛鉤を見つめたことか。大きすぎたのだろうか。あるいは小さすぎたのだろうか。私はすでに使ったのと同じ種類の他の毛鉤を見て、この中の一つがこれまで以上に成果をあげる理由は何もないと思いながら、考え込むのだ。そして私は、人の気も知らずに流れてゆく水を見守り、はたして今日は鮭がいるのだろうかといぶかるのだった。

じつは、私は鮭釣りではあまり大きな成功を収めたことがない。他の一人の釣り人は、ある年の三月、私が釣っていたのと同じ川で、同じ時に、六日間つづけて釣り、遡上したばかりの鮭を、毛鉤で五〇尾以上も釣り上げたものだ。私の知っているかぎりでは、これがイギリスの最高記録である。もちろん秋に上がった鮭の数や、生き餌で釣ったものは除外しての話だ。その六日間の私自身の釣果は一五尾のきれいな鮭だった。あるとき、私は一人の友人と一本の竿を代わる代わる使い、毎日半日ずつ釣ったことがあるが、彼の釣りを見ていて、私の釣果がどうしても彼のには及ぶべくもないのがよく理解できた。

私は新しく遡上した春の鮭を一日に二尾釣り上げたことがあるが、二尾で五〇ポンドを超えるものだった。じっさいの目方は二九ポンド半と、二一ポンド半だった。最初の魚は鉤掛かりするまえに四回も私の毛鉤を追った。はじめの当たりのあと、私は岸に目じるしをつけておき、すこし歩いて戻り、慎重に元のポイントへ釣り下った。私が目じるしをつけたところへ達するたびに魚は毛鉤にきたが、そのときはどんな型の魚かまったく判らなかった。そのうちについに鉤掛かりし、しばらくやりとりしていると、鮭は急に向こう岸へ疾走し、浅瀬で躍り上がった。何という不安な瞬間だったことか。二番目の魚は川の中ほどの急な瀬尻《せじり》の水中で当たりをみせたが、ほんの数瞬間、ギリーも私も根掛かりだと思った。しかし、その魚はいったん動き出すと、元気いっぱいにたたかった。この釣果は、他の釣り人たちの成功に比べればさしたることもないが、運のない日のレコードに挑戦するということになると、ずっとましな成績だと思う。

私は以前ハイランドのよい川のよい区域で、九月の四週間を毎日釣りに過ごしたことがあるが、釣果はたった二尾の鮭だった。二尾とも一五ポンド足らずで、紅く産卵後のさびが出ていた。しかもその中の一尾は、毛鉤にきたのではなく、急流の中で鉤素の上を跳ねて、すれすれで掛かったのだ。また、別のあるシーズンに、スコットランドの最高の春川の一つで、春の鮭釣りにいちばんふさわしい二週間のうちの一〇日間、毎日釣った。水の状態は一貫して上々だったのに、私は一尾の鮭も釣り上げることができなかったばかりか、一度の当たりさえなかった。そのいちばん最後の日、水中の私の毛鉤に当たりがきた。そして私が上げたのは、なんと産卵後のシー・トラウトだったではないか！　そして、この日の釣りの幕切れ直前に、私の竿が真っ二つに折れた。何か眼に見えない力の陰謀なしにこれらのことが起こったとは信じられない。その何かが、長い実りのない一日の私の失望を喜び、産卵後のシー・トラウトを釣らせて私を嘲笑し、最後にまったくの憎しみと悪意をこめて私の竿を折ったにちがいない。

スコットランド北部の三月の天候は、とても興味ぶかいものだ。一度ならず川は凍結していた。一八九一年には異例の厳しい寒さがあり、何日間かは釣りを不可能にした。はじめのうち、われわれはいちばんよい淵の横側の氷を割り、大きな氷塊を中央の流れに乗せて流し下した。この方法で氷のない小さな場所をつくり、昼間はそこで釣ったが、夜ごとに寒さはますますつのり、淵頭の荒い流れのほかには氷の張っていない場所はまったくなくなった。淵頭の荒い流れも数ヤード流れると、西岸いっぱいに広がっている厚い氷の下へ吸い込まれていった。そのときの日陰の気温はどのくらいであったか、私は正確な記録を持っていない。宿舎の壁の寒暖計は日なたにあり、いちじるしい両極端を示していた。ある夜、それは華氏五度（マイナス一五度C）まで下がった。

次の日は穏やかな、雲のない日で、日がまともに当たっている寒暖計は、華氏九〇度（約三二度C）に上昇していた。さらに次の日の夜は、華氏三度（マイナス一六度C）まで下がった。その日、私はレインコートを雪の上に広げ、外套を着ないで、氷結した川を見ながら寝ころがったが、三月の日差しを浴びてとても快い気持ちだったのを覚えている。非常に凍てつく寒さのときは、風がなくても、水は釣り糸に凍りつき、毛鉤はこちこちに凍ってしまい、氷におおわれた糸は重すぎてカーストできない。竿先の小型のガイドは氷のかたまりになって、糸が通らなくなる。そこで、毛鉤は口に含んで溶かし、糸をしごいて氷を除き、ガイドの氷を削り落とすのだが、たちまち元どおりの状態に戻るので、どうにも仕方がなかった。

少しぐらいの寒さで、正午前後に強い日差しが雪と氷をいくらか溶かすような日だと、午後になって川の水位は数インチ高くなる。ある年の三月、数日つづいてこういうことがあり、その結果、毎日午後の同じ時間にかならず一尾か二尾の鮭が鉤に掛かった。寒さのつづくかぎり、この正午前後が一日のうちで釣りのできる唯一の時間で、しかも確実に魚が毛鉤にくるのであった。ただ一つの欠点は、氷が少し溶けて水位が上がると、小さい氷のかけらが大量に流れてきて、毛鉤の邪魔になることだった。

三月には、とても明るく、暖かい微風が頬をなでるような典型的な春の日もある。そういう日には、つがいの雷鳥がなごやかに歩いている。紅い冠毛のある雄鳥は楽しさと誇りとでいっぱいで、さまざまな奇妙な身ぶりをして雌鳥に見せつける。鳥の声のなかでももっとも素晴らしいだいしゃく鴫《しぎ》の春の歌声は、憩《いこ》いと喜びに満ちていて、人の心をなごませ、澄み切った空気をふるわせる。

じっさいの鮭釣りの一つの大きな魅力が、黒ずんだ奔流に向かって力強くカーストすることにあるのは疑いない。鱒釣りの場合の、小さい川の浅場や、穏やかな流れの代わりに、鮭釣りの場合は、全力で流れる強い川が相手だから魅力がある。もちろん両者とも魅力はあるが、鱒釣りの控えめの繊細さにとっては、鮭川はまったくおかどちがいだ。鮭釣りのほうが荒っぽい仕事だが、やはり熟練した技術を要し、成功への努力と環境は、釣り人を強く刺激し、活気づける。川には、春もまた、深い神秘感がある。新しく遡上した鮭はシーズンの早期にはまったく跳ねもしないし、ほとんど姿も見せない。釣り人にはおそらく何も見えないだろうが、それにもかかわらず、彼はすべてを望む。川のどの部分でも鮭の数は日ごとに変わり、釣り人は懸命に川を見つめるのだが、水はその秘密を外に現わさない。彼の毛鉤がそれを発見するまでは、その秘密は守られる。

産卵前の遡上鮭の食欲

五月と、しばしば四月の乾燥した時期には、鮭釣りは水不足のためにそこなわれやすく、この困難は秋までつづく。しかし、出水の度ごとに鮭は川に上るはずだから、いつも現場近くにいる地元の釣り人には、釣果の上がる日が少なくあるまい。七月になると、あらゆる型のグリルスがたくさん上ってきて、好みの瀬や淵を満たして盛んに跳ねるが、新しい水が川に入ったときでないと、毛鉤にはなかなかこない。私はこのような川、例えばロッヒー川で釣ったことがあるが、魚が盛んに飛んだり、跳ねたり、もじったり、頭や尾を川面に現わしたりするのをさんざん見たり聴いたりしていながら、しかも私の毛鉤にはまったく当たらないので、腹が立ったり、くさくさしたりするのだった。

夏に新しく川に入る魚はおもに小さい鮭かグリルスで、水の状態さえよければ、元気な魚がよく釣れる。特に、小さい竿と細い仕掛けでよい釣りが楽しめるが、八月と九月は、私の経験によれば、大きい川では魚がほとんど毛鉤にこない月だ。十月は平均して一年中でもっとも雨が多く、平常なら川はふたたび満水になり、鮭は十一月までよく喰いつづけるのだが、釣りの興趣はなくなる。トゥィード川のような川では、十一月でも新しく遡上した鮭が釣れるというが、うそではない。それらは新しく海から上ってきた魚にはちがいないが、春の魚のような活発さも、ぴちぴちした体調もなく、秋の釣りをつうじて、釣り上げられた魚の大部分はさびが出て紅いか、あるいは色があせている。

私はあまりにも選り好みをしすぎるかもしれないが、どうも秋の鮭釣りには、以前ほど熱意がもてない。この季節に釣れる魚の外観が不満であり、残念で仕方がないのだ。鮭釣りがほんとうに楽しめるためには、重労働と長時間の闘争の末に釣り上げた鮭が銀色に輝いていなければならない。こういう魚の生き生きした赤みも、力強さも、体調のよさも、すべて海で捕った豊富な餌からの栄養がいまだに体内に蓄えられている結果である。

鮭に関する報告書が昨年（一八九八年）に出版されたが、とても興味のある、しかしいささか気になる情報が載っている。それが激しい論争の的《まと》になったおもな理由は、ある問題についてのその本の結論をあまりにも絶対的なものと受け取って論拠としている人があるからだ、と私は思う。例えば、産卵前の鮭は淡水に入ったらけっして餌を捕らないという記述は、鮭がみみずを捕食するという事実をもってただちに反論される。われわれはみなこの事実を知っている。しかし、鮭がしばしば鼻の先にうずくまっているみみずなどを喰うという事実、あるいは春にはときによると自然の羽虫マーチ・ブラウンを捕食しているのが見られ、マーチ・ブラウンの毛鉤で釣り上げられる事実もあるが、そうかといって、報告書に記載されている非常に綿密な科学的調査が何の結論も出し得ないということにはならない。

これらの調査の結果、鮭釣りのときいつも私に付きまとい、日夜私の心に重くのしかかって、どうしても解決できなかった懸念が、いまや疑惑や議論の余地なく確証されたと思う。つまり、海から上ってきた鮭は淡水で就餌する必要は少しもなく、鮭釣りで成果を上げるにはその食欲に頼ることはできず、その気まぐれや、出来心や、機嫌や、好奇心や、そのほか魚に見られる気持ちの動きなどに頼る以外はない。鱒釣りの場合は、かなりの自信をもって、魚の食欲を当てにすることができる。鱒がそこにいさえすれば、いつかは餌を捕ると断言し得るし、成果も期待できる。しかし、われわれが鱒釣りで当てにできるものも、淡水での鮭釣りでは当てにはできない。そのときの鮭は餌を必要とせず、胃は変化して、消化力が減退し、おそらく空腹を感じなくなっているのだろう。したがって、淡水で鮭が釣れるということ自体が不思議である。聞くところによれば、太平洋の鮭には釣りではけっして獲れない種類があるそうだが、イギリスの鮭の習性がそれほど絶対的でないのは喜ばしい。

釣り人の技術や川についての知識は別として、鮭釣りの成果は、天候よりも水の状態にかかっている。天候がかんばしくなくとも、水の状態がよいときに釣るほうが、天候がいくらよくても、川の水位が高まりつつあったり、あるいは極端に低かったりするときに釣るよりもよい。鮭を上げるのにもっとも確かなときは、水位が上がりはじめているときだ。もし釣り人がそういうときによい流れか淵にいて、そこに魚がいれば、たぶん彼の鉤に掛かるだろう。しかし、この好機は一〇分か二〇分、長くて半時間しかつづかない。水位が速く上がれば上がるほど、この楽しい釣りの時間は短くなる。水位が一定の高さ以上に上がりつづけるかぎり、釣りには望みがもてない。鮭にとって真剣な仕事は流れを遡上することで、水位が高まるときにこれを実行し、その最中は道草を食ったりはしない。さらに釣り人が頭に入れておくべきことは、魚は増水を予期しているときには、概して毛鉤にはあまりこないということだ。したがって、水位が上がっている日はだいたい悪い日だが、幸運な釣り人はそういう日でも、ちょうどよい瞬間によい釣り場に居合わせれば、あぶれなくてすむかもしれない。

ほんとうによい釣りの一日が楽しめるのは、増水のあと川がきれいになり、水位が下がりつつある日である。鮭は遡上しなくなるが、まだ新しい場所にほんとうに落ち着いたとは言えない。魚はひきつづき活動的で、機敏で、これまで以上に毛鉤に注意を払う気がまえだ。鮭が淵に入ったのが最近であればあるほど、毛鉤にくる望みは多いように思う。苦労して荒い流れや瀬をさかのぼってきて、いま心地よい休み場所に入った鮭が機嫌のよいのは、想像するに難くない。春、川には水がいっぱいあふれ、魚が増水に頼らずに毎日休みなく遡上できる頃には、淵尻の流れ出しのあたりでもじっている鮭がよく見られ、そのポイントへただちに、またはあまり間をおかずにカーストすれば、よく毛鉤を追うのに私は気がついた。経験を積んだギリー――彼自身すぐれた釣り人だった――が、最初にこのことを私に教えてくれて、これらの魚はこの淵に入ったばかりの魚だと思う、と言った。私も同感であった。

釣りと網漁

鮭釣りでは、釣り人は自分あるいは友人の釣果がいくら多くても、毛鉤釣りでなら、気に病むことはない。かなりの大きさの川で、十月末まで毎日、一日中釣っても、毛鉤で釣り上げられる鮭の数は知れたもので、その川にいる鮭の総数にたいする比率はきわめて低く、鮭の数が減りすぎて、鮭川としての川の価値をそこねるようなことはけっしてない。鮭は一日はある所有主に属する一つの水区域にいても、次の日もそこに留まっているとはかぎらない。だから、彼の毛鉤にこようとする魚のいのちを惜しむにはおよばない。それは彼の狩り場に来た山鴫を撃たずに、ほかの日の楽しみのためにに残しておこうとするようなもので、意味がない。この点で鮭釣りは、鱒釣りよりおもしろい。鮭の移動する習性は、釣り人に全力を出し切ろうという自由な気持ちを与え、同時に、この水の中にはいったい鮭がいるのだろうかという不安な感じをも持たせる。

しかしこの移動習性は、釣りにおける大きな難点と障害につながる。もしある一人の釣り区域の所有主が、毛鉤釣りによって、彼自身および他の人びとの鮭釣りの楽しみをそこねることなどあり得ないということが本当なら、反面、他の一人の所有主は鮭を網で捕獲することによって、川全体の釣りを台なしにすることができるということもまた本当である。じっさいにほとんどの河川の釣りは、河口もしくは下流における網漁法によって重大な被害をこうむっているのだ。これはむずかしい問題であり、これについてはこれまでに多くの立法措置がとられ、多くの裁判ざたが生じている。海の漁師から川の上流ないし支流の源流近くの産卵場の所有主にいたるまで、誰にでも鮭の分けまえが与えられるべきなのだが、法規によってつねに公平な分配が行なわれているとは思えないし、さまざまな利害関係のある人びとすべてに満足のゆくように、また、鮭の存在が平均して保たれるようになっているとも思えない。

私はこれらの問題の専門家として述べているのではないが、ずいぶん多くの河川で、網漁法は絶えずあまりにも激しく行なわれ、春から夏にかけてはもちろん、秋の遅くまでつづいている。現在、釣り人は網漁のシーズンが終わるまで、釣りらしい釣りをほとんどすることができない。鮭はと言うと、いくつかの河川では、シーズンの終わり近くになって遡上することが鮭の習慣になった。年々早期に遡上すれば網に掛かり、シーズン遅くに上る鮭だけが自由に通行できるからだ。この状態は、釣り人にとっても、網漁師にとっても、けっして有利ではない。網のシーズンが終わるまでに川に入ってくる鮭は少なくなり、したがって、網で獲れる魚も減ってきている。そこで、釣り人はシーズンの終わり近くになって、集中的に釣ることになるのだが、この時期の魚の状態は上々とは言えず、川にいる魚の量も質も低下している。

もし網漁の漁師が毎週網を掛けない時間を延ばして、その間シーズンをとおして鮭が自由に遡上できるようにしたら、みなのためにはるかによいと思う。その代わりに、シーズンの末期には、網漁の時間の延長を認めたらよかろう。現在、網漁のシーズンは、河口の鮭の体調がまだ非常によい時期に終わる。これが現行の竿釣りの期日まで延長されるべきではない。竿釣りの終わるのは十月末か十一月のところさえあり、多くの河川では、両者のそれぞれの終期の間に二か月のずれがある。そこで、釣り人に春と夏の鮭の分けまえをもう少し多く与えることを保証し、その代償として、網漁のためにこの二か月の差を短縮することが考えられるのではなかろうか。

それはさておいて、釣り本来の話に戻ろう。水の状態の重要性の次にくるのは、天候である。天候の状態と魚の心理状態との間に何かしら関係があるとは誰もが言うことだが、これを科学的に裏づけすることはまだできていない。たぶん、これからの年代の人びとが、化学的な分析により鮭の心理にたいする天候の影響を説明する将来の報告書に基づいて、われわれの釣りをもっとうまくいくようにしてくれることだろう。しかし、いまのところ、過去と現在のすべての釣り人の経験と観察を綜合してみても、われわれを正しく導いてくれる定則は出てこない。

山の端に陰気な雲が低くかぶさっている重苦しい、蒸し暑い日は、概して非常に悪い。強い風は、特に川の水位が低いときなど悪くないこともある。極端な暑さは、極端な寒さよりずっと悪い。水位が低くて、水が澄んでいるときでなければ、空高くある日の光は苦にならないが、低い太陽が淵を照らし、魚がそれをまともに受けるようなときは、どうもぐあいが悪い。空気が新鮮に感じられ、雲が薄くかつ高いとき、釣り人の喜びは大きいだろう。しかし、鮭釣りについて、最初の、そして最後の忠告としたいのは、どんな光線のときでも、どんな天候でも、増水がつづいているときを除いて、水がどんな状態でも、川に鮭がいると信じる理由があれば、いつも全力を尽くして釣るべきだということである。

第8章

釣り具について

毛鉤の種類と用途

釣り人は多くの新しい釣り具《タックル》を探し求めてきた。ところが、人生はあまりにも短く、われわれにその一部分しか使わせてはくれない。こんにち、釣り具について述べるのは、われわれが携帯する必要があると考える釣り具の量を増やすためではなく、むしろ減らすべきだからである。本に紹介されたり、釣り具屋に陳列されている非常に種類の多い毛鉤を思うとき、特にこのことを考えさせられる。休日の釣りに携行する毛鉤の選択は容易でない。鮭やシー・トラウト用の毛鉤全部を買い占めることは不可能なのに、いろいろな型の毛鉤が眼に入ると、ほとんどすべてにそれぞれ魅力があり、欠くことができないように思われる。

スコットランドでの数日間の釣りのために必要なものを整えようと、私はいくたび釣り具屋に入ったことだろう。私はいつも求めたい毛鉤の数と種類の範囲についてはかなりはっきりした考えをもって店に入る。しかし、カウンターに並べられた毛鉤の魅力は私の考えていた範囲を広げさせ、ついにはまったく忘れさせてしまうことがいくたびあったことだろう。私の前に置かれる毛鉤の見本が増えるにつれて、欠くことができないと思われる毛鉤の種類は増えるし、また、それぞれの種類の、欠くことができないと思われるサイズも増えてしまう。とどのつまり、毛鉤選びの苦闘に疲れはて、買い物と注文の量に驚き、しかも、これで充分だったろうか、何かだいじなものを見逃しているのではあるまいか、という不安な気持ちで店を出るのがつねである。

ところで、鮭とシー・トラウトの毛鉤で、これこそほんとうに必要なものだというのがあるといちおう仮定すれば、釣り人の毛鉤箱の中の毛鉤の種類が多ければ多いほど、その中にこの必要な毛鉤が含まれている可能性は大きい。しかし、その一方で、彼の毛鉤は多く、選択する範囲が非常に広いので、必要な瞬間にその毛鉤を選び出すことはむずかしくなる。そこで、私はさんざん苦心した結果、一つの結論を得た。それは、いろいろな珍しい毛鉤をたくさん持ち歩くことには、利益よりも損失のほうが大きいということだ。私の言いたいのは、財布においてばかりではなく、釣果においても損をするということである。

したがって、あらゆる種類の毛鉤釣りで、経験ずみの少数の毛鉤に集中し、それに徹することが概して成功につながることを私は確信するにいたった。そして、すべての若い釣り人たちへの私の忠告は、できるだけ早く経験を積んで、自信の持てるいくつかの毛鉤を見出し、気を散らさずにこれらに集中しなさいということだ。若い釣り人は、はじめは先輩たちの経験に学んで手掛かりをつかまねばなるまいが、この自信は半ば以上自分の釣りの成功から生まれるのであり、けっきょくは他人に頼るのではなく、自分自身でつかみ取らなければならない。そこで、毛鉤について述べる目的が、使用すべき毛鉤の種類を増やすためではなく、むしろ必要でないものを排除して、われわれが性能を確信する幾種類かの毛鉤に集中するためであることを念頭において、その価値はともかくとして、私自身の経験の結果を披露《ひろう》したい。

鮭用の毛鉤としては、私は次の四種類をあげたい。

(1)ジョック・スコット。——最上の万能毛鉤であり、イギリスにおけるすべてのシーズン、天候、水域に適し、大型から小型まですべて使える。ジョック・スコットは今まで創案された鮭用の毛鉤のなかで、色の配合がもっともよいと私は思っている。

(2)ウィルキンソン。——大型のものは水の色の濃いときによく、最小型は水が浅く、晴れた日に適している。

(3)ブラック・ドクター。――小さめの中型は夏の一級品、澄んだ水には極小型がよい。

(4)トリッシュ。――蓑毛《みのげ》は黄色が可で、青は不可。この毛鉤は春にもっとも有効で、サイズについては、私の経験では、リメリック鉤の6／0号に巻いたのがもっとも好結果を上げている。このサイズは新しく採用されている号数で言うと、16〜17号に相当する。

毛鉤箱に、新しい号数で8〜18号の間の五種類ぐらいのサイズのリメリック鉤に巻いた前記四種類の毛鉤があれば、鮭釣りに関するかぎり、イギリスのどこの水域の岸に立っても、また、どのシーズンでも、私はまったく安心できる。例外の場合に備えて、18号よりも大きいいくつかの毛鉤を追加したほうがよいかもしれない。しかし、鮭の毛鉤について、ハーバート・マックスウェル卿[*1]が鮭釣りに関する彼の楽しい著書で適切に述べている意見に私は同感で、いまあげた四種類の毛鉤の組み合わせのほかにも、同じくらい有効な組み合わせがたぶん少なくなかろうということに私は同意するにやぶさかではない。たまたま私自身の成功がこれら四種類の毛鉤を私に選ばせる結果となったのであり、したがって、他の種類も同じく成功を収めるにしても、私自身としては、この選択にまさるものはなかろうと信じて披露したしだいである。

シー・トラウト用の毛鉤としては、私は次の種類を採りたい。

(1)ソールジャー・パーマー。――増水のあと、川の状態がよくなったときには、これにまさる毛鉤はないと思う。よいサイズはペネル・アイのついたリメリック鉤8号に巻いたもので、この型を私は使う。この毛鉤が有効なのは、シー・トラウトにかぎらない。ある日、私は片手振りの竿でシー・トラウトをねらっていたが、グリルス五尾、合計二八ポンドと二分の一をこの毛鉤で釣り上げた。水位が低く、水が澄んでいるときは、これ以下のサイズでは、同じ効果は望めないと思う。

(2)ジェイ・ウィング。――胴体は黒、蓑毛は薄い赤黄色。胴の螺旋《らせん》は銀。この毛鉤は水の色が濃いときは前記のソールジャー・パーマーほど有効ではないが、水が澄んでいるときは最高で、もっとも頼りになる。適当なサイズは、4～8号とさまざまであろう。

(3)ウッドコック・アンド・イエロウ。――前の種類と同じサイズで、水の状態が同様のとき効果がある。

(4)ブラック・アンド・オレンジ・スパイダー。――水位が低く、水の澄んだ晴れの日には、私はペネル・アイのリメリック鉤4号に巻いた、この毛鉤だけを使う。こういう状態の日、この毛鉤はシー・トラウトにとっては魅力があり、川に上ってきたばかりの小型の魚にはこたえられないようなときさえある。

鱒のウェット・フライ・フィッシングのためには、マーチ・ブラウンと、グリーンウェルズ・グローリーと、1号、2号、3号の鉤に巻いたミスター・チョルモンドリー・ペネルの蓑毛つき1号を春のために準備すれば、私は満足する。シーズンが進んで、川の水位が低くなり、水が澄んでくると、私は0号の鉤に巻いたレッド・クウィル・ナットか、ブラック・スパイダーに替える。

私の気に入りのドライ・フライについてはすでに述べているので、ここではそれらの名称を記せばよいだろう。

(1)オリヴ・クウィル。中位の色調。
(2)レッド・クウィル。
(3)アイアン・ブルー。
(4)ブラック・スパイダー。

これらすべてにホールの鉤眼つき00号と0号がもっとも有効なサイズである。レッド・クウィルの000号は夏の半ばの暑い日に鱒を誘い出すには大いに効力があるのだが、重い魚を確実に持ちこたえるためには小型すぎる。

毛鉤を識別するのはときとして困難があるので、私はこの本では、アーンウィックのハーディー兄弟商会[*2]に照会したうえで、彼らの用いている名称、あるいは号数を採用している。

てぐすとリール・ライン

釣り人の道具のなかでもっともやっかいなのは、鉤素だ。しかし、鱒釣りに比べて、鮭釣りやシー・トラウト釣りの場合は、それほどでもない。鮭釣りには、私はテーパード・ラインに三フィートほどの普通の一重の鉤素をつけて、毛鉤を結ぶのがよいと思う。こういう鉤素のほうが、他のどんな撚《よ》り糸よりも透明度が高く、また、丸さも透明度も平均した強じんなものが手に入りやすい。その太さは、魚のサイズよりも、むしろ毛鉤のサイズ、竿の調子、水流の強さを考慮して決めるべきである。大型の鮭でも、ゆるやかな流れなら、比較的細い鉤素と軟らかい竿で上げ得るが、太い竿と大きい毛鉤は細い鉤素には適当でない。太い竿で細い竿のように魚と微妙なやりとりをすることは誰もできるものではないし、大きい毛鉤を絶えまなくカーストすれば、細い鉤素の先のほうがいたんでくる。

澄んだ水で、片手振りの竿を使ってシー・トラウトを釣る場合は、テーパード・ラインの先の鉤素はごく細い、アンドローン・ガット[*3]で充分なはずだ。しかし、ほんとうに引き抜きでないてぐすであることを確認しなければならないし、また、カースティング・ラインの細い端との結び目に結び直すために、つねにいくらかの余分を用意しておくべきである。

むずかしい鱒釣りのために、アンドローン・ガットの充分細いものがなかなか手に入らないのはまことに残念だ。アンドローン・ガットは、その太さに比較して、驚くほど強く、長いこと磨りへらさずに使用に耐える。ところが、ドローン・ガットとなると、多くの難点がある。多くのてぐすに共通することだが、新しくて、乾燥しているときには、しまつにおえない撚れがくる。湿ったままにしておいたり、外気にさらしておいたりすると、弱りはじめ、使うにつれて、磨りへって細くなる。無傷のものでさえ、試しているときにしばしば切れてしまうことがある。そうかといって、試してみないことには、はたして故障のないものかどうか確認できない。

釣り人にできる唯一のことは、いろいろの太さの引き抜きてぐすのなるべく新しいものを用意しておき、そのなかから自分があえて使い得ると思うもっとも細いものを選んで結び、いたんできたと思ったら、すぐに新しいのと取り替えることだ。もう一つ覚えておくとよいのは、ドローン・ガットと、アンドローン・ガットとを問わず、すべてのてぐすはそれぞれ構造がちがうということである。鉤素として使うのに、新しいうちは充分強くとも、他のてぐすよりずっと早くいたむものもある。陽光や、ある種の天候にさらされる程度によって、いたみ方の相違が生じるのかもしれない。私はなるべく予備のカースティング・ラインとてぐすを湿らさないように携帯し、新しいのが必要なときに、水にひたして使う。これはいくらか余計に時間がかかるが、たいしたことはない。てぐすは、使う前には、できるだけ水に濡らしたり乾かしたりしないほうがよい。

二本のてぐすをつなぎ合わせるには、ふつうの二重結びなら他のどんな結び方にも劣らない。てぐすがあらかじめちゃんと湿してあれば、一重結びでも保つだろうが、一重結びだと、てぐすは二重結びよりもずっと結び目で切れやすい。小型の毛鉤を鉤素に結ぶには、ハーフォード氏の著書に示されているタール結びが最上で、一般に受け入れられている。釣り人は他の方法に気をつかう必要はない。

鮭用の毛鉤をてぐすに結ぶには、私は次のような結び方をする。まず、てぐすの先端を上に向けて鉤の眼《ループ》に通し、向こう側から鉤の眼の下のほうに回してきて、鉤の眼のまわりにてぐす自体の輪をつくる。そこで、てぐすの先端をその輪に通し、毛鉤のあごの方向へ胴体にそってきちんと押さえ、てぐすを引っ張って輪をしっかりと締める。これがいちばんやさしい結び方で、凍えた指でも結べるし、毛鉤を取り替えるときに結び目をほどきやすい。

リール・ライン[＊4]としては、防水加工された絹の撚り糸のテーパード・ラインは優秀にちがいないが、少なくとも鱒釣りに関するかぎり、マンチェスター製の木綿の防水撚り糸にまさるものはないと私は思っている。この釣り糸は、新しければ、まともに風に向かっても、みごとにカーストできる。しかし、一シーズンをとおして使ってみると、絹の釣り糸のほうが他のものよりもよいと思う。リール・ラインは、定期的に注意ぶかく乾かしさえすれば、長く保つものだが、それでもしばしば試してみることが必要で、あまり長く信用して使うべきではない。

古くなった釣り糸を使って、私が鮭を釣っていたとき、ばかばかしい事故が起こったことがある。ある雨の激しい朝だったが、川の水位が上がりはじめて、もうすぐ鮭釣りはできなくなるという危機一髪のとき、私は広々とした水域で鮭を鉤に掛けたのだ。この鮭は機嫌の悪そうなたたかい方をした。数分の後、私はリールを少し巻いてみようとしたが、魚は気に入らない様子だ。濡れた糸は、強い雨に打たれてびしょびしょになっている竿では、走りが悪い。そして、急に竿の半ばほどのところで、糸が切れてしまった。

私は一人ぼっちだった。しかし、事情を知らない魚は、私に竿を置いて、切れた糸の端を急いで竿のガイドに結びつける時間を与えてくれた。私がなすべきだったことは、もちろん切れた糸の両端をリールの近くでつなぎ合わせ、すでに出ている以上に糸を与えずに、魚とたたかうことであった。そうしてさえいれば、私には糸を巻き取る特典を維持できるはずだったのだ。しかし、それではもっと時間がかかるだろう。その間に魚が逸走するのではあるまいか。私にはそれがこわくて、深く考えもせずに、前記のような結び方をしてしまったのだ。

その結果、ふたたび魚との接触を得たとき、鮭は約二〇ヤードかなたにあり、私にはリールによってこの距離を縮めることも、また伸ばしてやることもできなかった。私のはるか下方には広い浅場があり、私はなんとかして魚をそこへ誘導しようと苦心した。川幅は少なくとも四〇ヤードあったが、幸い鮭は親切にも一貫して私の立っている岸の側でたたかい、私はついに浅場の岸に立った。岸の背後は平地なので、魚を引っ張りながら水際から後退することができるのだ。これを私は実行に移し、一歩一歩成功しつつあったとき、魚の掛かりがとつぜん外れてしまい、毛鉤はむなしく跳ね返ってきた。もっと要領よくやっていたらうまくいっただろうにと、悔やまれてならなかった。そして、川の水位が急速に上がっている状態では、その日はもう鮭を上げることができないのは明らかで、絶望の暗い気持ちにかられるばかりだった。

さらにもう一度、リール・ラインが切れて、こういうことがあった。私は鮭を鉤に掛けたのだが、魚は危険な底岩で悪名の高い水域へ逃げ込み、釣り糸は岩の間にがっちりと引っ掛かってしまった。私がありとあらゆる方向に圧力をかけてみても、手で糸を引っ張ってみても、なんの反応もなく、何の手応えも感じられなかった。最後の手段として、私は糸を全部出し、糸いっぱいの下流へ行き、下からできるだけまっすぐに引っ張ってみることにした。不意にリールのすぐそばで糸が切れ、一瞬にして糸は水流に流されて、するすると竿のガイドを抜け、川の中に姿を消した。その日はもうその釣り糸を見ることはなかった。ところが、次の日の朝、向こう岸に近いゆるやかな流れを徒渉していた友人が、足のまわりに何かからまったのを感じた。その日の昼食のとき、彼は私が失ったリール・ライン全部と、結ばれたままになっていた仕掛けの一部とを渡してくれたものだ。

一般に、ドライ・フライ・フィッシング用として販売されているリール・ラインは重すぎると私は思う。下流に向かって吹き下ろす風の強い日に備えて、重い糸を用意しておくのはよいことだが、ドライ・フライ・フィッシングのためにふつう推薦《すいせん》される糸は、必要以上に重いばかりでなく、通常の天候のときに釣るには重すぎて、おもしろくないし、望ましくもないように思える。

非常に重いリール・ラインでは繊細な釣りはできないし、非常に細いてぐすを使う日だと、テーパード・ラインとの段差が開きすぎて、毛鉤がたえず空中でリール・ラインにからみ、カースティングの邪魔になる。重い糸を巻いたリールを用意しておいて、あなたのもっとも硬調子の竿に付け、仕掛けを短くして、激しい逆風に挑むのは、まことにけっこうなことだ。しかし、通常の日には、私と同じようにあなたがひきつづき硬調子の竿を使うにしても、リール・ラインを軽くし、てぐすを長めにするにこしたことはない。

リールの構造と型には、長年の間、絶えず改良の手が加えられてきた。よいリールも容易に手に入るから、釣り人は誰でももっとも質のよいものを備えるべきである。質の落ちるリールを二つ持つよりも、良質のリールを一つ持つほうがよい。信頼できないリールは、遅かれ早かれ大型の魚をばらすもとになる。質の悪いリールを使うと、大切な瞬間に糸が走りすぎてもつれたり、動かなくなったりして、用をなさなくなりがちだ。リールの調子が狂いはじめたら、もう少しこれでやってみようなどと甘く考えて、使いつづけるのは禁物である。ときどき不意に止まったりする時計と同じように、よく調べて、修理がすむまでは、このリールを信用してはならない。

釣り竿

一級の釣り竿の材料としては、グリーンハートか、スプリット・ケーンか、二つのうちの一つがよいと一般に意見が一致している。グリーンハート[*5]の竿ほど糸が投げやすく使い心地のよい竿はほかにないのだが、スプリット・ケーンよりも脆《もろ》いという欠点がある。私の場合、グリーンハート竿の穂先を何本も折った末、グリーンハートの鮭竿の穂先にスプリット・ケーンを使うようになった。このほうがよほど長持ちする。スプリット・ケーンの穂先は、一本約三〇シリングしかしない。そして、このように継ぎ足して作った竿は、全部スプリット・ケーンだけでできた竿と同じようにじょうぶだと私は思う。

両手持ちの鱒竿としては、総体がスプリット・ケーンの竿以上のものを私は知らない。それも、スティール・センターの入ったものが望ましい。

片手でカーストするドライ・フライ・フィッシング用としては、スプリット・ケーンの竿が他のどんな竿よりも長い間のうちには安くつくようだ。そして、それは二本継ぎに限るべきで、ドライ・フライを使う繊細な釣りには、スティール・センターのない竿のほうがより正確に扱えると思う。

チョーク・ストリームの釣りを多くしたことのある釣り人は、ある程度の長さの釣り糸をすばやく水中から引き抜くとき、どんなに注意しても、鉤が水草に触れたり、引っ掛かったりすることのあるのは避けられないのを知っているはずだ。こういうときにグリーンハート竿は、やっかいなことに、何度となく折れるのだった。私の竿は概して継ぎ目近くで折れた。何年も前のことだが、この危険を少なくしようと思って、私は二本組み継ぎ式のグリーンハート竿を使ってみた。継ぐのにはふつうの竿よりいくらか面倒だったが、折れるとしても、継ぎ目のところではなかった。しかし、こういう竿でさえ、激しく、熱心に釣っているとき、鉤がとつぜん前方の水草や、背後の草や藪《やぶ》に引っ掛かったりすると、災害の危険がまったくなくなったとは言えなかった。

軽率だったり張り切りすぎたりしたための事故も少なくなかったのだが、けっきょく私は、一八八四年に最初のスプリット・ケーンの竿を買った。それはハーディー兄弟商会の一〇フィート六インチのじょうぶな二本継ぎの竿だった。私はこの竿で、一〇ポンドまでのあらゆる型の魚をたくさん釣り上げたが、いまだに元竿も継ぎ目も相変わらずしっかりしている。穂先の一本か二本は使い古してしまったが、釣りをしていてとつぜんいたんだことはなく、カースティングの最中に水草や藪のために起こったものすごい衝撃にたいしても、忠実に耐えぬいた。スプリット・ケーンのこの強じんさこそ、竿の材料の優劣についての論議に決定的な終止符を打ち、スプリット・ケーンに軍配を上げさせるものである。長年のシーズンをつうじて、あらゆる天候のもとで酷使され、下流へ吹き下ろす強風にたいしての苦しいたたかいを強いられて、スプリット・ケーンの穂先はだんだんに弱ってはくるが、私の竿に関するかぎり、使用に耐えなくなる前にはいつも充分な警告を与えてくれる。

スプリット・ケーンの竿を使うようになってから、私の竿のどの部分かが損傷したために、鱒釣りをちょっとの間でも中止しなければならなかったことはまったくない。スプリット・ケーンは、竿のすべての材料のなかでもっとも信頼できるものである。長年忠実に勤めている使用人のように、スプリット・ケーンに裏切りや急変は不可能で、衰えがくるとすれば、徐々にくる。私自身の元来のスプリット・ケーンの竿は信頼する仲間になってしまった。どんな風でも、どんな天候でも私とともにあり、小川へも、チョーク・ストリームへも、また、その他のどんな川へも私と同行する。そして、鱒、シー・トラウト、グリルスを釣る際は、私の望むとおりに働いてくれる。そのうえ、鮭釣りをりっぱにやってのけたことさえ再三あり、魚を釣り上げた後も、まっすぐに姿勢を保っているのだった。

スプリット・ケーンの竿は、激しく使われ、外気にさらされるのだから、シーズンが終わるごとに製造元へ送って、塗り直させるべきである。長年の間に弱くなったスプリット・ケーンの穂先は、使うのをやめたほうが安全だと私は考えてはいるのだが、忙しさにとりまぎれて、この用心をおろそかにしたのは賢明でない。

グリーンハートとスプリット・ケーンのそれぞれの真価について論争がまだあるようだから、私の経験をもうすこし述べるのもむだではなかろう。前述の一〇フィート六インチの竿のほかに、私が使うために作らせた同じサイズのスプリット・ケーンの竿が二本あった。その一本目は完全にその役目を果たし、激しい使い方にもかかわらず、いつもまっすぐだった。それを私は友人に貸したのだが、彼は竿を自転車のハンドルに横たえて、広々した荒野の道を走った。ところが、不幸にして自転車が倒れ、彼もろともまっ逆さまに草原のスロープをころがった。そして、竿の生命は終わったのである。グリーンハートの竿であったとしても、生き延びることはできなかったにちがいない。二本目はこの折れたスプリット・ケーンの竿の後継ぎとして作らせた。この竿は二シーズンの仕事をりっぱにやり遂げて、どこにも衰えを感じさせることはなく、完全にまっすぐである。

　片手振りのスプリット・ケーン竿を使っての一五年の経験から、曲がり癖がつかないこと、そして、同量の仕事をさせたグリーンハート竿より長く保つことを、なんの躊躇《ちゅうちょ》もなく私の竿のために主張できる。スプリット・ケーンの竿によって、いくら長い糸をカーストするときでも、穂先がとつぜん折れるという不安からまったく解放されたのである。

　ずっと以前のことだが、私がまだ若くて、手首の力が弱かった頃、片手で一〇フィート六インチから一一フィートの竿を満足に扱うのはむずかしかった。こういう竿なら、強い風に向かって糸を投げるのに充分力があるのだ。そこで、子供の私はリールを上に向け、腕の手首の上の部分に押しつけて釣る習慣になった。こうすると、竿にたいする腕の梃《てこ》の作用が大いに増して、ふつうのやり方では私の力に余る竿でも、かなり長い時間、片手で容易に振ることができるのを発見した。正直言って、私は友人たちを説得して、この方法を採用させることには成功しなかったが、この方法によれば、他のやり方よりも腕の負担を軽くし、より多くの仕事ができると私は確信している。特にドライ・フライ・フィッシングで、下流へ向かっての強い風とたたかわねばならない日には、大いに有利である。

　すべての釣りについて言えることだが、特にドライ・フライ・フィッシングでは、軟調すぎる竿を使うほどみじめさを感じることはない。あなたはこういう竿の無力さを一瞬も気にせずにはいられまい。静かな日でさえ正確さを欠くのだが、荒れた日だと、風が釣り糸を空中に吹き飛ばしたり、吹き戻したりするのを、まるでその竿が楽しんでいるようだ。あなたが鉤合わせをしようとすると、その前に愚かな穂先が風で水面近くまで吹き曲げられている。鱒が掛かっても、あなたは竿の弱さと、扱いにくさに途方に暮れるにちがいない。もし竿が過失をおかすにしても、硬めの竿に過失をおかさせるように気をつけたほうがよい。

たも網、その他

　ここまでこの章では、釣り人にどうしても欠くことのできない釣り具だけを取り上げてきた。残っている他の道具のなかには、ときによっては欠くことができず、そうかと言っていつも必要ではないものもあり、また、ただ単にあれば便利だというものもある。釣り人に随行者がいる場合、たも網やギャフ[*6]（魚を上げる手鉤《てかぎ》）はたいした問題ではない。しかし、釣りの最大の魅力の一つは、釣り人が独り釣っているときに味わう完全な独立の気分である。特に鮭釣りでこの気分が味わえたら、それにこした喜びはない。残念ながら、鮭釣りの情況は絶えず随行者の援助や助言を要することが多い。ボートを使ったり、川の様子を知らなかったり、また、自分独りでは持ち帰れないほどの釣果が予期できるような場合は、随行者を必要とする。しかし、なんと言っても、釣り人が彼自身の知識と判断だけによって、鮭をおびき出し、毛鉤に掛け、他人からのいかなる助力の可能性もなしに独力で魚とたたかおうというときほど、心の躍ることはない。

一年のいかなる季節でも、法規の許すかぎり、独り釣りの釣り人はギャフを携帯すべきである。私のこれまでの経験によると、携帯に便利なギャフは使いにくいし、もっとも効率のよいギャフは、もっとも携帯に不便だ。そこで、次の機会には、ハーバート・マックスウェル卿の著書に紹介されている方法を試してみようと思っている。鮭を自分の手でギャフの届くところまで引いてくるのは、随行者にギャフで掛けてもらうよりも長い時間を要する。しかし、魚に鉤がしっかり掛かっていて、ふつうの水域でギャフを使うのなら、時間はかかっても、けっきょくは自分の手で、他人に頼んだのと同じように確実に成功することができる。最善の方法は、魚の向こう側からいちばん肉の厚い部分にギャフを打ち込むことであり、これがもっともやりやすく、確実である。

ギャフを打つ私のやり方は、たも網で鱒を上げるのとは逆だ。小さい鉤に掛かった元気のよい太った鱒の場合、竿を扱うのは、たも網を扱うよりも、最後までむずかしい。したがって、私は利き手に竿を持つ。私の場合は右手だ。たも網に鱒を受けて、岸へ寄せるのは、左手でも右手と同じようにできる。ギャフだとそうはいかない。ギャフを打つ瞬間のギャフの扱い方は、竿の扱い方よりもむずかしい。ギャフを打ち、魚を引き上げるのに、私の左手は右手ほど信頼できない。だから、いざという瞬間が近づくと、私は竿を左手に持ちかえて、右手でギャフを使う。ただし、竿を持ちかえる前に十二分に確かめておかねばならないのは、魚が疲れ切っているかどうかということだ。随行者にギャフを打ってもらうよりも、自分でやるほうが時間がかかる一つの理由はここにある。

私は鱒釣りに、柄の中ほどまで垂れ下がるたも網を使うことを好まない。そのようなたも網はあまりに低く垂れ下がって、薮や柵《さく》や茨《いばら》にからみやすいばかりでなく、膝行したり、匍匐《ほふく》したりするとき、自分の足の邪魔になりがちだ。網の柄にではなく、網の枠の頭に留め金をつけて、網がそこから吊り下がるようにすればよい。この場合、たも網の柄は短くなければならない。しかし、長い柄が望ましいのだったら、入籠《いれこ》にして振り出せるようにして、柄を魚籠の帯革に金具で上向きに留め、網は魚籠の上にたたむように作ればよかろう。この種のたも網なら容易に外すことができ、一瞬にして、手の一つの動作で、網と柄をまっすぐに伸ばすことが可能だ。

湿原や大きい岩石のない浅場を徒渉するのに、もっとも軽く、もっともはき心地のよいウェーダーは、股の上部まで充分届く防水加工の長靴下に、生ゴム底のブーツをつけたものである。しかし、これはもっとも長持ちするとは言えないし、ぬれた内部がすぐに乾くとも言えないが、容易にはいたり脱いだりできるという点で、非常に便利だ。革製で、底に鋲釘《びょうくぎ》を打ったものは重いが、長持ちはする。鮭釣りに、また、多くの鱒川では、わきの下近くまでの徒渉ズボン、上ばき靴下、生革靴が必要である。もし釣り場から釣り場へと歩くことが多いと、これはおそろしく不快だ。私はこの徒渉ズボンを着用することも、はいて歩くことも、その外観までもすべて嫌いだが、舟釣りをするよりはこれをはいて歩くほうがずっとよい。徒渉ズボンはあらゆる面で邪魔くさいとはいうものの、釣り人が望む自立心をぶち壊すことだけはない。

魚籠に関して不可欠の条件は、充分に大きく、充分にがんじょうであるということである。魚籠にはあらゆる工夫がほどこされていて、誰でもそれらを試してみておもしろがることはできるし、なかにはじっさい便利な仕掛けもある。私の魚籠の一つにもいろいろ巧妙な仕掛けや紐《ひも》類がついており、そのすべての使い方を説明してもらってはいるのだが、ぜんぶ覚えていることはとてもできない。私はときどき川岸での暇つぶしに、いくつかの訳のわからない革紐の意味をもう一度見出そうと努力することがある。いずれにしても、この魚籠が魚を入れるのによいことは確かだ。どんなサイズの魚籠でも、肩に掛けるバンドの幅が広くて柔らかいことがきわめて大切である。魚籠の重みに耐え、肩の痛みや重圧を防ぎ、肩を保護するためだ。

　そのほかに以下の物があれば、私のフライ・フィッシングの装備は完成する。――スプリング秤《ばかり》（鱒のための小型のものと、鮭のための大型のもの）。毛鉤箱（ドライ・フライ用には、中が仕切られていて、毛鉤をそのまま別々に入れるものがよく、コルクの台に毛鉤を押さえつけるようなのはよくない）。それから、いくつかポケットのついた、仕掛けとてぐすを入れる柔らかい革製のケース。鋏《はさみ》のついたナイフ。地味な中間色の衣服。帽子（たびたび毛鉤を取り替える必要を考慮して、数個の毛鉤を刺しておけるものがよく、また、つばの上側には仕掛けを巻くようにしたい）。――まずこういったところだ。

　なにかしら私の中に潜在している保守主義にさまたげられてか、私はこれまでドライ・フライにパラフィン[*7]は使わないでいる。パラフィンがけした毛鉤が、何もかけていない毛鉤に比べ、魚にとって魅力がないということは証明できないのだから、私は自分のやり方を擁護はしない。しかし、雨のひどい日は別として、パラフィンを使ったほうが多くの鱒を上げ得るとは思わない。ただ、疑いぶかい鱒がパラフィンがけした私の毛鉤を拒絶すれば、パラフィンがその原因ではなかろうかと私は思い惑うだろう。パラフィンが採用される以前でも、出来のよいドライ・フライはよく浮かんだ。いまでも同じだ。とにかく私の釣り具のなかに、気色の悪い小さな瓶と油が侵入するのはごめんだ。

他面で、リール・ラインを水面に浮かばせるための薬品か何かがあれば、まことにありがたい。ドライ・フライ・フィッシングにおいて、リール・ラインが水に沈むことは大きな欠点である。もし水面にカーストした糸の全部がひきつづき水面に浮かんで流れるならば、鱒の鉤合わせも、次のカーストのために糸と毛鉤を引き上げることもずっと容易になるし、水面の毛鉤を不自然に引きずることも少なくなる。ウェット・フライ・フィッシングにおいては、逆に、がんこに水面に浮かびつづけるリール・ラインは、まことに困ったものだ。したがって、釣り人は、チョーク・ストリーム用の糸と、ウェット・フライを使う川のための糸と、少なくとも二種類の釣り糸を用意しておくべきである。

鱒の養魚に関する私の実験

第一の実験

大規模な養魚の機会に恵まれたことはないが、私は二つの池で実験をしてきた。その結果は、同じような水域を持つ人びとにとって役に立つかもしれないし、もっとずっと広範な機会に恵まれている人びとにも、私の小さい試みを彼らの大きい企てと比べてみれば、たぶん興味があり、参考になる点があるかもしれない。

最初の実験は、粘土質の土地に新しく掘った池で行なった。この池の底は粘土質の土ばかりで、水は一つの溝からちょろちょろ流れ込むだけだが、豪雨のあとは、水面が濁水の奔流となった。この池は長さが九〇ヤードほどで、幅が二〇～三〇ヤードあり、水深は二～六フィートであった。そこには自然にしゃくじ藻《も》属の水藻（学名カラ・フェティーダ）が発生し、自然の藻えびが棲息した。

一八八七年の五月、レヴン湖[*1]の一年生の鱒約二〇〇尾をホウヴィータウンから持ってきて、この池に放流した。一八八八年の秋には、この魚は目方が六オンスから半ポンドのものに成長した。一八八九年の六月には、平均の目方が一一オンスになった。その年の八月後半に、毛鉤で釣った七尾の鱒の総重量は八ポンドだったから、一尾の平均は一ポンドを超えたことになる。一八九〇年の八月に釣り上げた八尾の鱒の目方は七ポンド五オンスにすぎず、まる一年たった平均が、一ポンドを少し下回っていた。したがって、この池で、この程度の鱒を飼育すれば、これ以上には成長しないと考えられる。

一八九〇年の二月に、私は七五尾のかわ鱒[*2]（学名サルモ・フォンティナーリス）の二年ものを入れたのだが、翌年の十月、秋の最初の洪水のときに、私は興味ぶかい経験をした。私は洪水で池から逃げた魚を捕まえたいと思って、あらかじめ池の下方に金網の籠を作っておいた。これはまことに不完全な設備で、たちまち落ち葉がつまり、水は金網の籠からあふれるのだった。それでも、十月の最初の洪水のあとで、三九尾のかわ鱒が捕まり、池へ戻した。がんらい、池には多くとも七五尾のかわ鱒しかいなかったのだから、半分以上が必死に下流へ逃れようとしたのは確かで、その他の何尾かが金網の籠から逃れ、まったく姿を消してしまったものと思われる。レヴン湖の鱒はかわ鱒の約二倍もこの池にいたのだが、金網の籠に掛かったものは一尾もなかった。これは二種類の魚の習性の相違を明らかに示すものであり、かわ鱒を池に留めて飼育するのがはるかにむずかしいことを教えている。

一八九一年の五月には、池のかわ鱒の目方は平均一四オンスに達し、八月には一ポンド一オンスのが一尾上がったが、かわ鱒を見たのは、同年の九月が最後だった。つまり、七五尾入れたうち、たった七尾が上がったにすぎず、あとは姿を消してしまったわけである。その結果、それ以後、かわ鱒飼育の実験は二度とくり返されなかった。

その反面、レヴン湖から移した鱒について言うと、一八八七年に放流した二〇〇尾の一年ものを含めて、その後、一八九二年まで数回放流し、約二五〇尾ほどいたうち、一〇〇尾近くは毛鉤で上がった。その間、洪水で逃げ出したものがたくさんあるにちがいないが、それでも池には何尾か残っている。幼魚は見当たらないから、池に残っているのが天然繁殖のものではなく、人手によって池に入れたものであることは明らかである。こういう事実は、わが国固有の鱒と比較して、かわ鱒の不定住性を説明するものとして興味ぶかい。ここで付け加えておきたいのは、一〜二年の間は、池の下の小川に何尾かのかわ鱒が見かけられたのだが、その後、もっと大きい、鱒の多い川に移り、そこにも定住せず、やがて、まったく姿を消してしまったようだ。

第二の実験

私の第二の実験は、別の場所で試みられた。そこは以前は石切り場だった。もう長年のあいだ使われずにいて、自然の湧き水でいっぱいになっていた。それは長さが約二〇〇ヤードあり、幅はまちまちだが、岸から岸まで二五ヤード以上のところはなかった。深いほうで水深が一〇フィート以上だったが、あるいはそれよりずっと深いところがあったのかもしれない。水はだいたい澄んでおり、底の湧き水のほかには流れ込みがないので、雨が水を濁らせることはなかった。眼に見える流れ出しもないが、ある程度水位が上がると、水は自然に地中にしみ込んで、地下水に合流するのだろう。この水には二種類の水草が自然に生えていた。一種類は前述の学名カラ・フェティーダという水藻で、水底をカーペットのようにおおい、藻えびがたくさんいた。もう一種類は学名をポタモゲトン・ナタンスと言うおひるむしろで、針状のやっかいもので、七月半ば過ぎると、浮葉が水面をおおうので、毎夏刈り取らねばならない。

一八八七年の五月に、ここへレヴン湖の一年ものの鱒を二〇〇尾入れた。一八八八年の秋には、その目方は四オンスから四分の三ポンドの間だった。一八八九年の七月に釣れたものは八〜一五オンスあり、八月には一ポンド半のが一尾、その他九尾釣れた鱒の合計は一〇ポンド六オンスあった。

一八九〇年の二月に、私はレヴン湖の鱒の二年もの一〇〇尾を追加したが、翌年、これらは四分の三ポンドに成長した。一八九〇年以後は、ここに流れがないにもかかわらず鱒が自然繁殖していたので、新たに放流はしなかった。この池に関するかぎり、この自然繁殖はまぎれもないことで、興味ある事実と思えた。一八九二年になると、四オンスほどの鱒を見かけるようになり、私の記録によると、一八九四年には「太った、美しい半ポンドの鱒がたくさんいて、気ままに羽虫に跳ねている」のだった。一八九〇年に入れた二歳魚は一八九一年にはすでにもっと大きい成魚になっていたから、これらの小さい魚がそれでないことは明らかである。

なお何らかの疑いが残るなら、この池から捕まえた魚の数について私の記録が、確かにその疑いを解消するにちがいない。すなわち、この池に放流された鱒の合計は三〇〇尾にすぎず、それにたいして、それまでに上がっている四分の三ポンド以上の鱒の数は、三二一尾におよぶのである。そのうえ考えに入れておかねばならないのは、捕まえることのできた鱒の数は、私の記録に載っている数を超えている可能性が多分にあるということだ。と言うのは、記載してある以外の鱒、特に一八八七年に入れた当歳魚のなかには、しばしばここへ飛来する大型の鷗《かもめ》や鷺《さぎ》にやられるか、または私の眼に止まらなかった方法で捕えられたのがあるにちがいないからである。

私が考えるに、この流れのない池で鱒が自然繁殖する不思議のもとは、次の事実にある。この池のごく小さい水域は、通常の冬には他の水域とつながっているのだが、夏には池の主要水域との間の水がなくなって、切り離される。冬になると、鱒はこれらの二つの間の砂利底の浅場に産卵する。卵が孵化《ふか》して、前述の小水域に避難した稚魚は、五~六月に二つの部分をつなぐ水が涸《か》れるので、そこに封じ込められ、大きい魚の餌食にならずにすむわけだ。夏、私は縦横ともに数ヤードしかない、この小さな、切り離されたプールが鱒の稚魚でいっぱいなのを、絶えず見かけた。そして、翌年には、池の主要水域に小型の魚がたくさん繁殖しているのに気がつくのだった。しかし、水不足の冬のあと、砂利底の浅場が乾いたままであり、小さいプールとの接続がないようだと、小さい鱒の増加はない。産卵と孵化はたぶん他の砂利底の浅場で行なわれるが、稚魚は避難場所がないので、疑いなく大きい魚の餌食になってしまったのである。一ポンド四分の三がこれまでに上がった鱒の上限で、一ポンド半が一般の重量だ。

この同じ場所でかわ鱒の実験をするために、一八九〇年の二月、二年ものを七五尾入れた。一八九一年の六月には、その目方は半ポンドから四分の三ポンドに達したが、体調は四月が最高のようだった。一八九二年の六月には、かわ鱒の目方は平均四分の三ポンドから一ポンドになったが、その型も体調も、低下していた。他面、明らかに繁殖には成功して、四分の一ポンドのたいそう太った、小さいかわ鱒が若干見かけられるのだった。一八九二年の末までに、はじめに入れたかわ鱒は一一尾上がったが、それ以来この水に一尾のかわ鱒も見当たらない。

この魚がこのように姿を消してしまったのはなんとも不可解である。ここの水は地上の流れ込みも、流れ出しもないのだから、魚が脱出することはあり得ない。密漁が行なわれたことは考えられるが、それならばなぜかわ鱒だけがやられてしまって、ふつうの鱒やにじ鱒は生き残ったのだろう（にじ鱒については後述）。その理由は次の二つのうちの一つしかない。その一つは、他の鱒には影響のない何かが原因で、かわ鱒が死に絶えてしまったか、あるいは、かわ鱒が全部、大きいのも小さいのも、幼魚も成魚も、急に水底に棲むようになったかである。なんとかしてかわ鱒を見つけ出そうと思い、毛鉤や小魚やみみずの餌釣りで試してみた。しかし、魚が誘惑を拒否しているのかどうかは解らないが、とにかく反応はなかった。

かわ鱒の消失は不可解なばかりでなく、困ったことだった。なぜならば、この鱒は、第一に外観がりっぱで魅力があるし、スポーツ魚としての素質は素晴らしく、その肉は、色も味もともにふつうの鱒よりずっと優れているからである。

ここで私はにじ鱒[*3]（学名サルモ・イリデウス）について述べよう。一八九一年の二月、二歳のにじ鱒一〇〇尾をこの池に入れた。一八九二年には、そのうちの何尾かは半ポンド以上になり、翌一八九三年には四分の三ポンドに育ち、かなりよく餌に跳ねた。その後、一ポンド半以上には達せず、餌にもそうよくは跳ねなくなり、肉はピンクのいい色をしていながら、味はよくない。これまでに合計二〇尾の成熟したにじ鱒が釣れたが、それよりずっと多くが他の方法で捕えられた。それでも池の中にはまだかなりの数がいるようで、水面の毛鈎よりも、餌の深釣りによくくる。一八九八年を含めての一年以上の間には、四分の一ポンドまでの小型のにじ鱒が捕えられているが、これはにじ鱒もまた流れのないこの水で繁殖していることの証拠である。釣り上げたにじ鱒の状態は、概してふつうの鱒に比べてずっと劣る。その理由は、毛鈎釣りにいちばん適した時期が、にじ鱒の状態のいちばんよい時期ではないからかもしれない。私の池のにじ鱒は、四月には卵と白子《しらこ》をいっぱいもっている。そして、もっともよく餌に跳ねる五月と六月には、味が悪くて、まったく食用に供し得るものではなかった。

以上の実験と、それから得た結論の価値は、私の行ない得た養魚の規模がごく小さかったことによって、当然のことながら制限されている。しかし、その記録は、ことによったら、他の人びとがもっと規模の大きい、もっと大切な実験の結果を得るための刺激になるかもしれない。かわ鱒もにじ鱒も、ほんとうにみごとな魚で、スポーツ魚としても大いに楽しめる魚だから、いろいろな水域にこれらを定着させるための実験を続ける努力がなされるよう私は希望する。

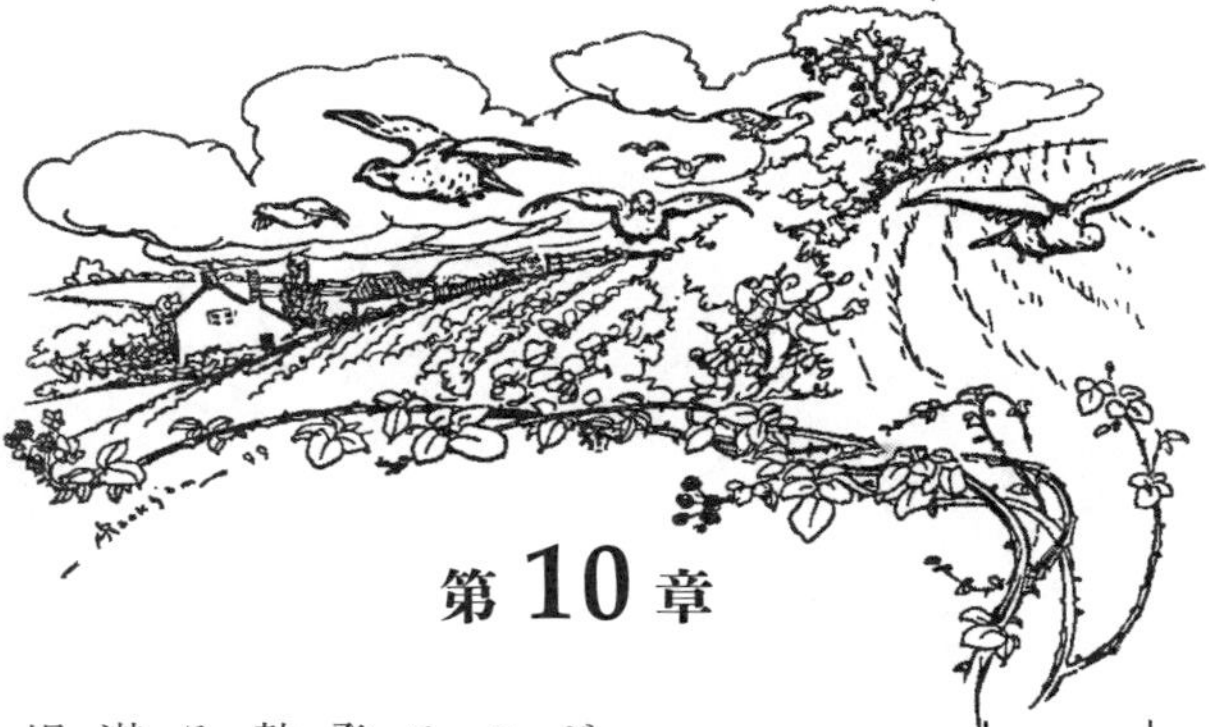

第10章

若き日々の思い出

少年の日のみみず餌釣り

釣り人は誰でも、釣りに熱心になりはじめた頃の話があるはずだ。われわれのなかには、釣りが少年時代の心を躍らせる事柄として思い出に残っている者もあろうし、また、人生のもっと遅い段階でやっと釣りを発見した者もあるだろう。いずれにしても、もっとも熱心な釣り人はつくられたものではなく、生まれつきそうなる素質があるのだと思う。その情熱は最初から潜在し、遅かれ早かれ機会が来れば現われるのである。場合によっては、釣りを発見し、楽しもうという機会の来方があまりにも遅かったので、そんな気持ちがあることさえ気がつかず、とうとう知らずじまいになることもある。われわれが長く生きれば生きるほど、人生の軌道は深くなり、それから外れることがますますむずかしくなる。

私の場合、釣りをする機会は早く来た。情熱はとつぜん目覚めた。はじめて釣りをしたいという欲望にとらえられたときのことを、私ははっきりと覚えている。私が七歳くらいのときで、シェットランド・ポニーに乗って、ちっぽけな川のかたわらを通っていた。上流には水車場があり、その池の水門が開いていたので、小川の水には活発な動きがあった。私は前にこの小川で小さな鱒が釣られるのを見たことがあるが、このときはじめて、そしてとつぜんに、釣りをしたいという我慢できない欲望に取りつかれた。私はもっとも素朴な釣り具を与えられた。これといくらかのみみずを手に入れて、午後になると、どのくらいこの小川に通ったことか。しかし、成果はなかった。鱒を見たいという衝動が、成功のチャンスを台なしにしたのだ。岸越しにみみずを水に入れる前に川をのぞき込むことが致命的だと教えられていながら、そんなことに耳を貸すことなどできなかった。まず鱒を見て、それから釣るのは不可能だということなど信用できなかった。教えられたとおりやるのが早道だったのだが、教えられたことはなかなか納得がゆかず、けっきょく、私自身の体験と失望から覚えるほかなかった。

　何年かは、この小川の釣りが私の知るすべてであった。鱒はとても小さく、四オンスの魚は悪くないと思われ、もっとも大きいのでも六オンスどまりだったが、私はこの釣りに取りつかれてしまった。この比較的大きい鱒は第二のことを教えてくれた――自制ということである。第一は前言をくり返すことになるが、釣る前に水の中をのぞき込んではいけないということで、小さいのから大きいのまですべての鱒がこのことを教えてくれた。第二のむずかしい点は、魚が喰ったとき、私は逸る心を抑えねばならないということであった。しかし、どうしても心がはずんで、自然に合わせがあまりにも強くなり、引き抜いた魚を頭越しに投げ上げてしまう。これは二～三オンスの鱒を掛けたときには通用したが、あるときなど、小さいのが空中で鉤から外れて、背後にあったわらの中へ落ち、とうとう見つからなかったこともある。六オンスの鱒にはこういう乱暴なやり方はあまり通用しない。この魚をそう簡単に片づけるには、私という釣り人の腕も竿も仕掛けも、かならずしも充分な力があるとは言えなかった。たびたび悲劇が起こり、激しい情熱を制御する必要を、私は惜しい損失によって徐々に習い、覚えるのだった。

　これら自制の点で進歩はあったものの、依然として残された試練はすべての釣り人が経験しなければならないもので、魚をばらした失望にどう対処するかということである。予想もしなかった大きな魚をばらした少年の苦痛がどんなものであるか、われわれの多くは知っているはずだ。その絶望で一生がめちゃめちゃになってしまったように思え、過去の楽しい思い出は消え去り、現在の失敗を償い得る成功など将来あるわけがないと思う。そして、あらゆる体制に反抗する気持ちになり、人間はどうしてこんな堪えがたいみじめな目に遭うため生まれてこなければならないのかと腹立たしくなる。もっと年がいってさえ、非常に大きい魚をばらしたら、平気でいることなどとても望めない。堪えられないことを完全に堪えることなど、誰にもできはしない。もしとてもつらいとき、何も言わずに、平静を装うことができたら、りっぱなものだ。

年がいってからでも小川の釣りには魅力があり、これは他のどんな釣りともちがう一種独特の味わいがある。私はいま、毛鉤釣りには小さすぎる北部地方の小川のことを思っている。それは草や灌木の茂った両岸の間を流れる石底の小川だ。ここではみみずを餌に、糸を短くして釣らなければならないのだが、むずかしいのは、自分の姿を鱒にまったく見られずにみみずを水に落とすことである。ふつうのやり方は、必要に応じて身をかがめたり、膝をついたり、腹ばいになったりしながら忍びよって、釣り竿を出し、短い糸で川岸の端を越して、餌を水に落とすのだ。釣り人がその小川をよく知っていたら、まっすぐによいポイントへ行き、次々に適当な場所に移る。知っていない場合だと、いま眼の前にあるのはどんな釣り場か、離れたところからまずいちいち偵察しなければならない。みみずがどこに落ちるかも分からずに、やみくもに落とし込んでもむだだ。そんなことをすると、いずれは鉤を茂みや枯れ枝などに引っ掛けるのが落ちだ。

私が釣り慣れていた小川は、高い木の林を抜け、岩の溝を流れ下っていた。少なくとも少年なら、川底ぞいに歩き、体を低くかがめて、鱒に姿を見られずに、餌をはね上げて小さい淵や小滝へ落とすことができた。そして、鉤に掛かった鱒を吊し上げて下流の岸に下ろすこともできた。これはとても愉快な仕事だった。あるとき、この場所で、何尾もの鱒が次々に掛かったが、その後とつぜん喰いが止まったのを覚えている。気に入りの淵から淵へと次々に行ってみたが、だめだった。私はわけの分からない恐怖におそわれた。森の陰気な静けさが私を不安にした。私の周囲のすべての物が何かを知っていながら、その意味を私には隠しているように思えた。もう釣りどころではなかった。とうとう私は不安に堪えられなくなり、竿も糸も淵に残し、魚が掛かるのにまかせたまま、外界で何が起こっているのかを見きわめるために、森の端まで行った。危険な、ものすごい暴風雨が雷雲をともなって近づきつつあった。私は恐ろしくなって、急いで竿を取りに戻り、あわててその淵と森を離れ、嵐から逃れるために走った。ときどき息をつくために歩調をゆるめたが、後ろから聞こえる雷鳴に絶えず追われて、また走るのだった。

小川の鱒は気まぐれなちび魚だ。ときによると、よく晴れた水の少ない日でも、みみずをがつがつ喰った。みみずが水に落ちるやいなや飛びつき、あるいは下流へ流れてゆくのを追いかけて捕え、難なく鉤に掛かった。そういう日には、釣り人は、糸が止まるかふるえるかして鱒がみみずを喰ったのを知ったら、四〜五秒たってから合わせさえすればよい。合わせはすばやくなければいけないが、乱暴でもまずい。もし鱒が小さかったら、ただちにごぼう抜きで上げてもよいが、四オンスかそれ以上のものだったら、しばらくは水の中でばしゃばしゃやったりもがいたりさせ、疲れておとなしくなってから上げるのが安全だ。上げるには、沈着で敏捷な動作が肝心で、ぎくしゃくした急激な動作は禁物だ。

岸に木の枝とか灌木の茂みなどのない、空いた場所があれば、鱒を空中であばれさせずにすむ。あばれている魚を空中に持ち上げれば、その急激な動作と、水から出た魚の重みとで、糸が切れたり鉤が外れたりする危険性が大きくなるから、注意すべきだ。もし六オンス以上の鱒だったら、それが鮭であるかのように敬意を表して扱い、浅い場所を選んで、持ち上げずに、そこから岸へ引きずり上げるのがよい。空中で魚をばらしたときの感じには、小川の釣り人は慣れている。魚は水煙を上げて水へ落ち、釣り糸は空中へ舞い上がって、複雑に木の茂みにからむ。釣り人がそのもつれをほぐすまえに、淵にいた魚はみんなこわがって逃げてしまう。釣り人は、鱒も、木の枝も、竿と糸と鉤も、みんないっしょになって自分に謀反《むほん》を起こしているのだと確信する。

私は「鉤《フック》」という言葉を使ったが、鉤ということになると、みみず餌の釣りには、小型のスチュアートかペネルが抜群だと思う。装餌しやすいし、これらの鉤なら、鱒がみみずを喰ってすぐ合わせてもよい。しかし、いちばんよいのは、充分時間をおいて、鱒がみみずをすっかり口に入れたときに合わせることだが、あまり時間をおくと、鱒がみみずを呑み込んでしまうからこまる。

日によっては、鱒はまったく癪《しゃく》にさわる。みみずにくることはくるが、餌を嚙みちぎるだけで鉤には掛からないのだ。釣り人は当たりがあると、少し待ってから合わせ、鱒が鉤に触れたのは感じるが、それだけでおしまいだ。こんなことはよく起こる。ためしに、合わせるまえにもう少し長く待ってみたが、やはり合わないか、みみずを取られただけか、あるいは魚がみみずに触れただけという結果だった。

そうかと思うと、釣り上げる価値のないほど小さい鱒が鉤を呑み込んで、そのいのちを粗末にしてしまい、釣り人の時間と苦労をむだにすることもある。こういう日には、鱒はほんとに腹がへっているのではないから、みみずをすぐに呑み込みはせずに、嚙んでみるだけなのだと思う。そうして鱒は鉤の存在に気がつき、みみずを拒否するか、または唇でみみずを鉤から離そうと努力する。その結果、釣り人が当たりを感じて合わせても、鉤に掛かってはいないのだ。

また、小川の鱒がいきおいよくみみずに飛びつき、そのまますばやくくわえ去ろうとする日もある。釣り人はとつぜんの引きを感じるが、合わせるまえに事は終わっている。おそらく合わせが遅すぎたのだろう。何の抵抗もない糸は水の中から跳ね返ってきて、かたわらの藪の中へ姿を消す。

小川の鱒には、ほかに三つの共通の心理状態がある——無関心、疑惑、異常な恐怖の三つである。鱒が無関心のときは、まったくみみずを無視し、その存在にまるで気がつかない様子だ。その態度から、釣り人は鱒の眼が見えないのではないか、あるいは、いつも眼の前にみみずのいるところで暮らしているのではないかと考えるかもしれない。鱒が疑惑を持っているときは、まるでこんなものはいままで見たこともないという様子で、みみずのところへ泳ぎ寄って、考えるか、あるいはその存在に興奮したかのように泳ぎ回る。さらにほかの日には、かならずしも晴れすぎた日でなくても、鱒が釣り人の近づくごくわずかな徴候をも見張っているので、鱒に姿を見られないようにするのは不可能に近い。釣り人が姿を隠しているのに成功したときでさえ、竿の影や、できるだけ静かに流した糸に感づいて、鱒はたちまち逃げてしまう。これらのことすべてが小川の釣りを興味ぶかい、慎重を要するものにする。

しかし、釣り人が年をとるとともに、絶えず身をかがめたり、這い回ったりするのが困難になるのが、この釣りの欠点だ。体の関節は痛み、ぽきぽき音を立て、こわばった大人の体を鱒の眼から隠そうと絶えず努力するのは、困難で苦しい仕事になる。

長い竿を使えば、ある程度は身をかがめないですむのだが、藪や木の茂みの多いところでは長い竿はまことに扱いにくく、木の枝の間から正確に糸を出すのはなかなかむずかしい。したがって、藪や茂みや枝を巧みに避けるために、釣り人は短い硬調の竿と短い糸とを使わなければならないことになる。そうすれば、竿で糸を確実に出し、みみずをより的確に落とし得るばかりでなく、次の釣り場へ移動するときは、片手で短い糸の先端をつかみ、もう一方の手で竿を握ったまま木の間を通って次の淵へ行くことができる。いちいち竿を置き、長さを持ちやすいように調節してから次へ進む必要はない。

樹木によくおおわれた小川は、この釣りには最高だ。そういう川には、釣り人が木の葉の陰やしもつけ草などの草の茂みの背後に隠れて鱒を観察し、みみずを喰うのを見ることのできる場所がある。魚が喰って、彼の糸の流れが止まり、糸がふるえたとき、あるいは、魚が口をあけて彼のみみずを捕えたときは、少年時代のように心の躍る興奮は感じないまでも、やはり過ぎ去った日々のあの息のつまるような感じはよく覚えていて「黄金の日々が返ってきた」ように思うのだ。光線が木々の葉の茂みを透かして淵の静かに澄んだ水に躍り、走りゆく水が太陽の光に輝き、小川が鈴のような声を立てる暑い夏の日の日陰を、いま彼は過ぎ去った少年の頃よりもっともっと深く楽しむ。それに、いまでもなお、小川の水が低く、澄んでいるとき、鱒たちを出しぬいてやることに、ある満足を覚える。魚は小さいが、釣り上げるのはけっして容易ではなく、慎重さと努力を欠かすことはできないからだ。

細いドローン・ガットが小川の釣りに適しているのは言うまでもない。小川では水は浅く、糸は斜めにではなく、竿先から垂直に垂らすのであり、鉤素は少しだけ水に入るのだから、てぐすの長さは二〜三フィートで充分だ。餌としては、私ははじめからきじ（しまみみず）の長所がすっかり気に入って、他の種類のみみずではけっして満足しなかった。きじは、色も大きさもぴったりだ。しいて欠点を言えば、やや柔らかいということだが、小川の釣りでは餌を振り込むというよりも、水にそっと落とすのだから、それはあまり苦にならない。しかし、きじはふつうの土の中でも、どこにもあるような肥やしとか、ごみくずの中では見つからない。このみみずにとっては菜園の野菜くずが貴重な要素で、野菜くずだけが唯一のものではないが、とにかく適当な成分で、ほどよく腐っていることが大切であって、りこうで注意ぶかい少年釣り人なら、まずきじが棲むのにもっとも適した場所を見つけ、いつでも欲しいときに必要なだけ確かに手に入るように心がけておく。きじは、一〜二日間汚れていないこけの中に入れておいた後が釣り餌として最高だが、鱒はこのみみずが生きのよいときもけっこうよく喰う。

小川の下流は別世界

少年の眼に映る眺望というものは素晴らしいもので、大人になってから釣りに行く同じ小川がもっと大きく見える。私が子供の頃、源流から海に出るまでの全域を熟知していた一本の小川があった。上流から河口の手前二マイルまでの大部分は、木がよく茂り、石が多く、水は浅かった。だが、河口にいたる二マイルほどの下流は、子供にとっては別世界だった。そこには木がなく、川底は泥か砂で、水路には風にさらさらと音を立てる葦《あし》がいっぱい生えていた。そして、かなりの深さのある広々と開けた淵が間隔をおいて連なっていた。これらの淵は私を魅了した。葦の陰に坐り、茂みの間から一心に糸を見守りながら、何か大きな出来事が起こりそうな予感に私は興奮していた。長い間待ったあげくの釣果は、たいてい鰻《うなぎ》か、あるいは海から上ってきた鰈《かれい》だった。ときどきは小さい鱒も釣れたが、このように神秘的な淵に棲んでいなければならないと私が確信していた怪物は、長年の間に一度も来なかった。

ある夕方、ついに何かしら重いものがほんとうに私のみみずにきた。魚は深みにいて、淵をぐるぐる回っているようだが、姿は見えない。私は少し離れて釣っていた友人に「掛かった、掛かった。一ポンドの鱒だ！」と叫んだのを覚えている。友人の返事から、それをまったく信用していないのが分かった。無理もないことで、その頃一ポンドの鱒といえば、われわれが正当に望んでもよい鱒の上限ぎりぎりだったのである。この上流には水車場があって、そこではかつて一ポンドの鱒が釣れたこともあるのだから、この小川を釣ってきているわれわれが一ポンドの鱒のことを口にしても不思議はないはずだ。それでもさすがに、自分たちがまるで一人前の釣り人のような口ぶりをしているのをおもはゆく感じるのだった。

さて、私の鉤に掛かっている魚だが、一ポンドよりもっと重そうだ。そして、やっとのことで魚が深みから上がってきて、私の眼の前にその巨体を見せたとき、いまや永久の幸福を手にするか、これをぶち壊してしまうかの重大な瞬間が来たことを私は痛いほど感じた。私は魚の下方の浅い水に入り、さんざん不安におそわれたあげく、手も使って、ようやく魚を仕止めた。新しく淡水に入ってきた三ポンドもあるシー・トラウトだった！

釣り上げられた魚があれほどの配慮と栄誉をもって扱われたことはあるまい。魚は鉤を呑み込んでいたが、うっかり鉤を抜いてその姿を傷つけてはいけないと思ったので、鉤素を切り、鉤は体内に残した。小さい鱒や鰻や、鰷は私の魚籠からわが相棒の魚籠へ左遷され、偉大なるシー・トラウトは、独り威容を正して、私の魚籠に鎮座ましました。長年来の期待が立証され、信じがたいことが現実となり、隠れていた栄光が姿を現わし、そして、この瞬間から、将来における偉大なものへの希望が永遠に生きつづけると思われた。

数年前、『黄金時代』という楽しい本が出版されたが、その中で著者は、子供の世界を次のように描いている――「それは限界を知らない世界で、そこではすべてのものが、大人になってから感じるよりも、もっとずっと素晴らしく、また、もっとずっと真実であるし、その世界では、神秘が子供たちの不変の友人である」と。私にとっては、特に釣り場では、まったくそのとおりだった。私は川の番人に連れられて、この小川の下流へよく釣りに行った。道のない原野を長いこと歩いて、わが家の近くにある世界にはない、いろいろなことが起こるにちがいない遠い土地へ来たような気がした。まるで別の国に着き、別の空の下で、別の時を過ごしているようだった。番人は私よりものんびりと釣り、川が曲がりくねっているのでときどき姿が見えなくなったが、はりえにしだの藪の中からゆっくり上るパイプの煙で彼がどこにいるのかが判った。いま私があの遠くの土地を思い出すとき、あたりには人っ子一人いないはりえにしだの藪の中からゆらゆら上るほのかな煙が見えるようだ。

みみず餌から毛鉤釣りへ

時がたって、ハイランドのりっぱな川とその近くの湖水《ロッホ》での、八月の毛鉤釣りの新しい経験が始まった。八月の鱒は概してよい跳ねを見せないが、そこには四分の三ポンド級の魚が多く、なかにはもっと大きいのさえいて、私には素晴らしい釣りだった。ここの川と湖水ではそれまでにみごとな釣果の日が三日あったが、それぞれちがう年であった。そのうちの一日は、湖水で鱒の喰いが異常によく、ふつう私の釣果は二〇尾どまりなのに、その日は四八尾も上げ、しかも平均三尾で一ポンドの鱒だった。他の一日は、川にいくらか新鮮な水が入り、私は小さい魚の形をした疑似餌を使ってみた。最初にそれにきたのは二ポンド級の鱒で、これまでに私が掛けたどの鱒よりも大きかったのだが、ばらしてしまった。その失望で、まだみじめな気持ちでいるうちに来た二番目の魚は三ポンド四分の三あり、これはなんとかものにした。まもなく同じ型の三番目の鱒が掛かり、体の半分がたも網に入ったのだが、これもばらした。その後は何も当たらなくなり、その日の残りの時間を何事もなく過ごしながら、私は釣り上げた鱒のことだけを考え、ばらした魚のことは忘れるように努めた。

第三番目の一日が最高の日だった。私は鮭釣りのために作られた桟橋に立って、滑らかな、強い流れにカーストしていた。すると、波のようなものがとつぜん押し寄せてきて、毛鉤をさらったと思うと、何か巨大なものが糸を下流へ引っ張って行った。「鮭だ！」と私が叫ぶと、老ギリーは私のそばへ飛んで来た。「こりゃあ、とても上がらねえな」――それが彼の最初の言葉で、私は腹を立てて抗議した。彼はいくらか思い直して、私にいろいろ忠告しはじめた。われわれは下流に向かって魚を追うことはできなかったが、魚はわれわれから二〇ヤードの下流で苦しそうにあえぎながら、流れの中にじっと静止していた。私は鱒竿を上流に向けて、魚に圧力をかけながら、じっと持ちこたえ、何事も起こらないまま、なんと長いあいだ待ったことか。私が弱気になると、ギリーの爺《じい》さんは、我慢しろと励ましてくれた。

そうこうするうちに、魚は降伏の気配を見せはじめた。私は糸を一フィート、また一フィートと巻き取り、一度ならず魚を上流へ誘い、ほとんど桟橋の反対側まで寄せたのだが、そのたびに人影を見て驚いた魚は、下流の元の場所へ戻ってしまった。そして、私をひどく興奮させながら、魚は徐々になだめすかされて、桟橋の下を過ぎ、上流の水溜りに着いて、意外にも一度に力尽き、たも網に入った。六ポンドほどのグリルスで、かなり赤くさびの出た魚だった。しかし、それがグリルスであろうと鮭であろうと、また、さびの出た魚であろうと、海から淡水へ遡上したばかりの魚であろうと、そのときの私にとっては、どうでもよいことだった。

同じ日に、もう一尾の四ポンド級のグリルスが同じ毛鉤にきた。この二番目の魚は、水しぶきを上げて毛鉤を捕え、思うままに走り回ったあげく、苦もなく上がった。幾シーズンもの間に、この同じ川で、一年のうちの同じ季節に、何十回となく鱒釣りをしたにちがいないのだが、それ以後は、鱒用の毛鉤にグリルスや鮭を掛けたこともなければ、当たりのあったことさえない。

ウェット・フライからドライ・フライへ

これらの釣果は運の勝利だったのだが、若い年頃には、運と腕前との区別はつかない。しかし、それはけっしてうぬぼれからではなく、まったくの喜びと単純さからなのだ。私が最初に自分の腕前を自慢したい誘惑を感じたのはもっとのちのことで、ウィンチェスターでドライ・フライの技術を習い覚えてからのことである。誇らしいものを感じたのはイッチェン川ででではない。そこでは、年ごとに進歩はしていたものの、私はドライ・フライ・フィッシングの生徒であったにすぎず、私よりはるかに釣り達者で成果の多い先輩がいつもいた。しかし、休暇の間、私は自分のドライ・フライの技術を、イッチェン川から遠い川まで持ち込んだ。ウィンチェスターで覚えたその技術は、それから二〇年後には世に広く普及したのだが、その頃はまだ、一般にはあまり知られていなかった。したがって、西部か北部の河川で、あるいはアイルランドで、またはハイランドの滑らかな黒ずんだ川で、ドライ・フライはしばしば私がはじめて紹介したのだ。その結果、驚いたのは魚であり、地元の釣り人であり、私は大いに鼻が高かった。

すでに述べたハイランドの川には、長い黒ずんだ流れがあり、樹木と岩に囲まれて、水はかなり深く、滑らかに流れていた。水面を小さい泡のかたまりがゆっくり流れていたが、さざ波はなかった。以前はここで、特に夕方、この川の一級の鱒がよく跳ねた。もっと荒い流れで、一週間毎日釣っても、毛鉤では半ポンドの鱒が釣れたら上々で、一ポンドのは掛からないだろう。しかし、この深い滑らかな流れには一ポンド級の鱒が多く、平均は四分の三ポンドである。私がよく使ってみた毛鉤はマーチ・ブラウン、ヘッカム・ペッカム、その他ハイランド向きの毛鉤だったが、ここの鱒は、それらの毛鉤を見るのさえいやだという様子だった。私は夏休みには毎年つづけてその川へ行ったが、やがて釣り具を変えて、細いドローン・ガット、オリヴ・クウィルとレッド・クウィルの小型の毛鉤、そして軽くカーストするための片手振りの竿を持って行くようになった。イッチェン川での生徒はハイランドの鱒にたいしては名人であり、日没の頃の川で、ぶよに悩まされながら幾日も釣って、豊かな報酬を得るのだった。イッチェン川の仕掛けを使い、樹木と岩石の間を行く、あの深くかつ重々しい流れの中で掛けた一ポンド半の鱒とたたかうのは、けっして生やさしいものではなかった。

復活祭の休日に、私は独りで一度か二度ダート川へ行った。二〇年近くも昔に見ただけだから、ダート川が現在どんな様子か分からないが、その頃はスタヴァトンとバックファーストレーの間には素晴らしい鱒釣り場があって、入漁料を払えば釣ることができた。半ポンド足らずの鱒でもいいと言うのなら、おもしろい釣りになった。あるとき、その川の一区域を釣っていたが、次々によい流れがあり、正午近くになって、一面に小さい鱒が元気よく羽虫を追いはじめた。その日はまったく気の狂いそうな日で、たくさんの鱒が跳ねているくせに毛鉤を見向きもしない。私にはどうにもならなかったし、私の上流と下流に姿の見えた何人かの釣り人も、成果はあまり思わしくないようだった。

途方に暮れた末、私は水の中を徒渉して、少し下流の、両岸に林のある滑らかな流れへ下りてみた。そこは水が澄んでいて、深さは一フィートから三フィートほどあった。誰も釣っている人はなく、鱒は浅瀬で静かに跳ねていた。私が上流で使っていたごついマーチ・ブラウンでは魚をみんな散らしてしまうだろうし、魚の型からみても、いちいちドライ・フライを流すのは大げさすぎるように思えた。しかし、なんとしても空魚籠だけは避けたかったので、数多くを釣ることはあきらめ、ドライ・フライの小さいオリヴ・クウィルをつけて、跳ねている魚の少し下流を静かに徒渉した。鱒はまるでこの小さい毛鉤を見るのがうれしかったかのように、飛びついた。跳ねが終わって、私は岸に上がったが、魚籠には三一尾の鱒が納まっていた。

私の釣り日記によると、いちばん大きいのは八オンスあった。合計の目方は記録してないが、そのときの平均の型は、私のもっと気に入っている上流の釣り場で、四月に毛鉤で釣れる鱒と少なくとも同じ型だったので、うれしかったのを覚えている。私が川岸の林を出たとき、地元でもっとも優れた釣り人の一人が上流から戻ってくるのに会ったが、彼の釣果はいつもほどではなかったようだ。彼は私を呼びとめて、どうだったかとたずねた。私が話してやると、その魚を見たいと彼は言った。私は魚籠を開けて見せた。「今日こんなに毛鉤で釣れたとは……」と彼は言った。「そうですよ。ドライ・フライで釣ったんです」と私は答えた。「ドライ・フライ？　そんなものこの辺では聞いたこともない」。彼はむずかしい顔つきでこう言うと、立ち去った。あまり親しみのある様子ではなかった。

敗北の氷を砕いて

次の思い出は一八八〇年頃までさかのぼり、アイルランドのある川についてである。

私がこの川をはじめて見たのは、八月の末近くだった。そこには鱒が、それもよい型の鱒がいると言われ、水の状態のよいシーズンの早期には、毛鉤で釣れると思われていた。その川のところどころにとても広々とした河床が露呈して、水位の低いときは、水がそこまで届かなかった。そして、川の水は明るい緑の水草の間をぬって、さまざまな水路に分岐して流れていた。水草のない、石底の長い流れがあちこちにあった。また、底知れない、泥炭色の水をたたえた巨大な淵もあり、それには鮭が入っているということだった。一日じゅう何マイルも歩くのを苦にしなければ、驚くほど変化の多い釣り場の見られる川だった。

この川にはパイクもたくさんいたし、また、地元の人たちは水の少ないとき、いろんな農具で水草の中の鱒を突くという話だが、おそらく本当であろう。それにもかかわらず、ドライ・フライ・フィッシングに充分なだけの鱒はいた。五〜六尾の鱒が近くでいっしょに跳ねているのを見かけることもあろう。しかし、次の一尾の跳ねを見つけるには、数百ヤードも歩かねばならないかもしれない。まもなく小さな音が聞こえ、それは小石が水しぶきも上げないで水に落ちたような音だ。こういう不思議な大川では、その音が二〜三回聞こえてから魚の跳ねが見られるものである。そして、そこには水と水草の中にじゃまっ気な葦の茎があり、魚がその間から不意に川底の大きな穴の中へ頭から突っ込む危険がある。

一年のこの時期に水位が低かったら、ここの魚を釣り上げることは期待できないと私は警告されていたが、そんな警告など気にするつもりはなかった。とにかく鱒はそこにいて、跳ねを見せているのだ。私はこれはドライ・フライで釣るべき場合であり、ドライ・フライでなければ不可能なことをすぐに見て取った。その頃の私は、ウィンチェスターの鱒をドライ・フライで釣ることのできる者なら誰でも、他のどこの鱒でも、跳ねさえ見せていれば釣ることができるという自信をもっていた。しかし、ここの鱒は最初は私の計算をまったく狂わせた。魚は私をウィンチェスターの有料釣り場には存在しなかった問題に遭遇させた——つまり、ここでは魚に近づくことができないのだ。このことほど釣り人を腹立たしくさせることはあるまい。鱒が眼の前で跳ねているのが見えるし、その音も聞こえる。いままでドライ・フライを見たことのない魚だから、おそらくすぐにも毛鉤にくるだろう。明らかに大きい鱒もいた。素晴らしい釣りができたはずだ。そして、一尾でも上げれば、名声を博し、栄光を手にすることができるのだが、ここの鱒はなんともおくびょうなために私は近寄ることもできず、ドライ・フライが届かないのだ。

二日間、魚が私を完全に征服した。八月の太陽の下で、私は歩き、ひざまずき、徒渉し、動き回り、汗を流したが、成果は皆無だった。私が近寄ろうとすると、すぐ水底へ姿を消す鱒もあり、竿を振るやいなや怖れて逃げるものもあり、また、首尾よく忍びよることができても、鉤素が近くへ行くと、不自然な流れ方ではないのに、尾びれを向けて逃走する鱒もあった。

二日目の夕方、薄暗い光線の中で、ついに魚が掛かった。魚はすぐにものすごい勢いで上流へ走り、眼に見えないところで一休みしたが、リール・ラインはすでにほとんど出つくしていた。私はたそがれの中を慎重に徒渉しながら、リールを巻いて糸の張りを保ち、やがてじょうぶな水草生えの大きな川床まで来た。リール・ラインぞいに注意ぶかく片手を伸ばして川床を探ると、ついに大魚の横腹に手が触れた。あたりは暗くなって何も見えず、水草は密生しすぎて、たも網は使えなかった。私は片手で魚をつかもうとしたが、魚は非常に幅が広く、堅く感じられた。だいじな瞬間に魚は水草の中で激しくあばれ、どこへか一気に疾走し去った。すべてがおさまり、静けさが戻ったとき、水草の中をふたたび探る私の手に触れたのは、切られた鉤素の端だけであった。

その夕方、もう何もすることはなかった。私は岸に上がって、薄暗闇の中に身を横たえた。考えてみると、それは私の釣りの経験のなかでもっともつらい瞬間であった。もうすこしで成功に手が届くという最後の一瞬に、すべては無に帰した。しかも、まる二日間、情熱に燃え、最大の努力を傾けた直後である。こんなことがどうして堪えられるだろう。

しかし、成功はあとで来た。しかも、昼日中だった。私はある場所を見つけたが、徒渉して川の浅場の側でひざまずき、跳ねている鱒を驚かさずに、浅場をはさんで魚とは反対側の、毛鉤の届く距離まで近づくことができた。そこで、竿が魚の眼に入らないように下手投げで、毛鉤を魚の少し上流にカーストすると、毛鉤を数インチ流して、跳ねている鱒より手前側に持ってくることができ、魚には毛鉤だけ見えて、鉤素は見えずにすむわけだった。このやり方で私はついに一～二尾の鱒を釣り上げることに成功した。ひとたび失敗の凍氷を打ち砕いてからは、川のどこへ行っても成功を勝ち取るのがもっとやさしくなったような気がするのだった。

ここの鱒は、私が知っている鱒のなかで、もっともおくびょうだった。私がこれまで釣った魚のなかで、近寄るのがもっともむずかしく、竿と糸にもっとも驚きやすかった。しかし、魚を驚かさずに毛鉤を流せば、たいてい喰わせることができた。そこでの私の最高の日の釣果は一一尾だった。三ポンドあるものはなかったが、最初の二尾は、いずれも二ポンド四分の三を超えていた。魚がここのようにおくびょうだったら、ごく細い鉤素を使わねばならないので、水草生えの中ではよく災難が起こるが、淵では、水が深くて草が生えないので、魚との素晴らしいたたかいが楽しめる。それは私の経験したもっとも荒々しい、心の躍る、魅力に満ちたドライ・フライ・フィッシングである。私の経験は八月の後半から九月の前半に限られているが、五月と六月には、イギリスで最高のドライ・フライ・フィッシングが楽しめるのではあるまいか。

注

第1章

＊1 Izaak Walton（一五九三〜一六八三）。スタフォード生まれのイギリス人。職業は金物商とも絹物商ともいわれ、九〇年におよぶ経歴は不明な点が多い。その著書『ザ・コンプリート・アングラー』*The Compleat Angler*（日本では『釣魚大全』と訳され、何種類かの翻訳がある）の初版は一六五三年に刊行され、釣り文学の古典の筆頭にあげられる。初版以後四回改訂をほどこして出版されたあと、一六七六年の第五版では、チャールズ・コットンが書いた「フライ・フィッシングの技術」が第二部として加えられた。『ザ・コンプリート・アングラー』は、イギリスの淡水域で趣味として釣ることのできる主だった魚とその釣り方について、網羅的に説明されているが、この本の魅力の核心は、のんびりと釣りの楽しみ方を説くところにある。

＊2 Gilbert White（一七二〇〜一七九三）。イギリスのナチュラリスト、聖職者。生地であるハンプシャーの片田舎セルボーンで生涯のほとんどを過ごした。身辺の自然を観察して日記につけ、友人に書き送った一一〇通の手紙をもとに生まれたのが古典的名著『セルボーンの博物誌』*The Natural History and Antiquities of Selborne*（一七八九）である。死後にその名声が高まり、特にツバメの渡りに関しては生物学者たち

に影響を与えた。

＊3　Charles Kingsley（一八一九〜一八七五）。十九世紀中頃のイギリスで、最も著名でかつ最も熱烈なフライ・フィッシャーマンの一人。ケンブリッジ大学の教会史の教授。物語や子供のための詩の本などの著作もある。宗教関係者として最初にダーウィンを支持した一人としても知られる。グレイが紹介している『チョーク・ストリームの研究』*Chalk Stream Studies* は一八五八年刊。キングスレーは、熱烈な釣り師であったが、当時勃興してきたドライ・フライの釣りには背を向けつづけた、伝統的なウェット・フライの信奉者だったようである。

＊4　William Wordsworth（一七七〇〜一八五〇）。イギリスのロマン派運動を代表する詩人。「自然崇拝者」とみずから称し「自然に仕える聖職者」とも呼ばれる。イギリス北部にある故郷の「湖水地方」から多くの創作欲をかきたてられ、すぐれた詩を生み出した。親友コールリッジと共著で発表した『抒情歌謡集』*Lyrical Ballads*（一七九八）に一九篇の代表作が収められている。

＊5　rise　鱒をはじめとするサケ科の魚が、羽虫（水生昆虫や陸生昆虫）を捕食するため、水面あるいは水面直下まで浮上してくることを「ライズ」という。ライズは、勢いよく水面上に全身または半身をあらわす「跳ね」もあれば、体を見せず口だけ水面すれすれに出して餌を吸い込む「もじり」であることもある。
　また、ほんものの餌でなく、水面を流れる毛鉤に魚が出てくる場合も、同様にライズという。この場合は、わが国の釣り用語でいうと「当たり」「喰い」という状態に近い。本訳書では、文脈にしたがって適宜いい分けてある。

第2章

＊1　chalk stream　白堊（チョーク）を産する地質、すなわち石灰岩質の土地を流れる川を「チョーク・ストリーム」と呼ぶ。軟らかい石灰岩地帯の川は、土地をU字型に深くうがって流れる。概して流速はゆるやかで、水は厚い。そこでは水草と水生昆虫がよく育つから、フライ・フィッシングにはうってつけだ。イギリスおよびヨーロッパ大陸にはチョーク・ストリームが多く、フライ・フィッシングは元来このような流れに棲む鱒を対象に発達してきた釣法であった。

　ここで述べられているテスト川 the Test、イッチェン川 the Itchen の流れは、イギリスを代表するようなチョーク・ストリームの名川とされている。

＊2　olive dun　メイ・フライ Mayfly すなわちカゲロウは幼虫（ニンフ）が羽化して、亜成虫（サブ・イマゴ）になる。このステージを英語でダンと呼ぶ。亜成虫は、短いのは五分、長いのは三日でもう一度脱皮し、完全な成虫（イマゴ）になる。これを英語でスピナーと呼ぶ。

　したがって、オリヴ・ダンは、カゲロウのある種の亜成虫状態のものをさすが、これはあくまで釣り人用語であり、学名ではない。おそらくは、ヒラタカゲロウ科（*Ecdyonuridae*）の *semicolorata* のことと思われる。釣り人は、それをオリヴ・ダンと呼び、それを模倣した毛鉤をも同じくオリヴ・ダンと呼ぶ。

＊3　メイ・フライがカゲロウの英名であるのは前注（＊2）のとおりだが、グレイないしグレイの時代は、大型のカゲロウの一種を特に「メイ・フライ」と呼んでいたも

のと考えられる。

＊4　John Ruskin（一八一九～一九〇〇）。イギリスの評論家、美術家。オックスフォード大学在学中に聖職者への道を捨て、絵画を修業。風景画家ターナーに心酔し、『近代画家論』*Modern Painters*（一八六〇）を著わす。晩年は、芸術と社会の関連から社会・経済問題に取り組んだ。

＊5　グレイがここで想起している文章が何であるかは明らかでないが、ワーズワスは「ウェストミンスター橋上にて」Composed upon Westminster Bridge（一八〇二年七月作）という詩を書いている。ちなみに、その詩は次のとおりである。

現世《うつしよ》にかくまで美しきものはなし、／いとも気高《けだか》き心うつこの光景《ながめ》に、／心ひかれざる人は魂の鈍《にぶ》れるもの。／いま、この市街《まち》は暁《あかつき》の美を、／衣《ころも》のごとく身にまとう。／船、塔、高楼《こうろう》、劇場、寺院は静かにあからさまに、／遥かなる平野《へいや》と空に向って開き、／すべてみな、烟《けむり》なき大気の中に燦然《さんぜん》と輝やく。／かくも美しく陽《ひ》はその最初の輝やきに、／谷、岩、丘を染めなせしことはあらじ。／げに、かくも深き静けさをわれ見しことも、感ぜしこともなし。／テムス河は悠々《ゆうゆう》と心のままに流れ行く。／あゝ、家々すらも眠れるごとく、／大都市の心もなお静かに眠る。

（田部重治訳・岩波文庫『ワーズワース詩集』より）

＊6　sedge　トビケラの英名。アメリカでは通常カディス caddis と呼ぶ。

第3章

＊1　Frederic M. Halford（一八四四～一九一四）。イギリス人。ウェット・フライの

全盛期にピリオドを打ち、ドライ・フライの釣法を確立した釣り師といわれる。著書に『ドライ・フライ・フィッシングの理論と実際』*Dry-Fly Fishing in Theory and Practice*（一八八九）、『ドライ・フライのための水生昆虫学』*Dry-Fly Entomology*（一八九七）があり、この二冊の本は、ドライ・フライの釣りがフライ・フィッシングの本道であるという風潮をつくりあげたという点で、一時代を画すものだった。例えば、絹のフライ・ラインにオイルを塗ること、フライを浮かせるためにパラフィン・オイルを使うなどを考案したのはハーフォードであった。

＊2　cast, casting　ここではイギリス流発音にしたがって「カースト」「カースティング」と表記しているが、現在の日本のフライ・フィッシング用語としては、「キャスト」「キャスティング」などと表記される。

フライ・ラインおよび毛鉤を流れに投ずることだが、フライ・フィッシングでは、このキャスティングは特別に重要なことである。テーパーのほどこされたフライ・ライン（グレイの時代は絹糸を撚ってコーティングしたもの、現在は特種加工したビニール）を、竿の弾性を利用して投げる。ラインの先にリーダー（鉤素）をつけ、リーダーの先にほとんど重さのない小さな毛鉤がついている。したがって、おもり、浮木、あるいはルアーなどのように糸の先端（または先端近く）にある重さを使って投げるというやり方とはまったく異なるのがフライ・キャスティングである。竿を前後に振る動作によって、竿の弾力を太いテーパー・ラインに伝え、ライン自体に運動を起こさせて、二〇～三〇メートルのラインを飛ばす。これには比較的高度な技術が要求され、あらかじめキャスティングの練習をしてこれを体得する必要がある。

そのような事情から、cast を「投げる」「投射する」とするとこの動作がうまく表わせない場合があり、カースト（もしくはキャスト）という原語がそのまま用いられているのである。

＊3　フライ・リールの第一の機能は、キャストするフライ・ラインを巻いて収納しておくことにある。他の釣りに用いられるスピニング・リールやベイト・キャスティング・リールは、高性能のギアを内包して強い巻き上げ力を持っているが、フライ・リールのギア比率は1対1・5からせいぜい1対2ぐらいにとどまる。魚に対してできるかぎりフェアであるという、フライ・フィッシングの考え方が、こんなところにも現われているのかもしれない。また、ラインが引き出されるのに対するドラッグ機構がついてはいるが、小さな爪一個のドラッグで、これもたいして力を発揮するものではない。

そのようなフライ・リールの基本的な性格は十九世紀後半から現在にいたるまであまり変わっていないが、形と重量は大きく改良された。十九世紀のリールがずんぐり型なのに対し、二十世紀に入ってからのリールは、直径を大きくし、幅をスリムにしてある。キャスティングの動作を邪魔しないためである。同じ理由から軽量化がはかられた。リールにベンチレーションをほどこしたのもその理由の一つ。素材は、良質のアルミニウム、マグネシウム合金などが用いられ、現在ではカーボンのリールも出現している。

＊4　pike　ノーザン・パイク。ヨーロッパ、北米大陸に分布する淡水魚。カワカマスと訳されている。大きな頭にアヒルの嘴のような顎があり、口の中は鋭くとがった歯

が並ぶ、どう猛な肉食魚。一メートル以上の大型も少なくない。食用に供され、肉は白身で淡白。

第4章

＊1　Francis Francis（生没年不詳）。一八六七年に『釣りに関する本』*A Book on Angling* を著わした十九世紀後半のイギリスの高名な釣り師。〝新しい釣り〟であったドライ・フライにも強い関心を示し、その発展に寄与した。当時イギリスを二分していた「ウェット・フライかドライ・フライか」という熱い論争からは超然としていた、最も開明的な釣り師と評される。

＊2　George Selwyn Marryat（一八四〇〜一八九六）。十九世紀半ばのイギリスの高名な釣り師。本職は軍人。〝新しい釣り〟であったドライ・フライ・フィッシングの推進者で、前出のF・M・ハーフォードのよき協力者でもあった。

第5章

＊1　wader　釣り人が川を歩くときに用いる特殊な靴を総称して「ウェーダー」という。さまざまな型と仕様があるが、グレイの時代に多く用いられたものについては、第8章（釣り具について）に記述がある。現在では、ゴムまたはゴムとナイロンを組み合わせたものを素材にした、股下までのヒップ・ブーツ、胸までくるチェストハイ・ウェーダーなどが多く用いられる。また、当時の生革靴に相当する、軽登山靴の靴底にフェルトを貼ったウェーディング・シューズもある。ゴアテックスなど化学繊

維の開発によって、目下ウェーダーは急速に品質が向上し、多様化しつつある。

＊2　William C.Stewart（生没年不詳）。十九世紀中頃のイギリスの高名な釣り師。本職は弁護士。その著書『老練な釣り人』*Practical Angler*（一八五七）では、彼の得意としたトウィード川周辺での釣りがくわしく語られている。スチュワートは、ウェット・フライ・フィッシャーマンで、ソフト・ハックル・フライを上流に投げて流すという釣法だった。スチュワートが詳述しているこの釣法は、二十世紀になってからもなお有効なものとして、幾多の後継者を生んでいる。

第6章

＊1　grilse　一般的には、海から川に戻ってきたアトランティック・サーモンのうち、小さいもの、若いものを指すとされているが、グレイはこの魚を「小型の鮭」とは別種のものとみなしているようだ。

＊2　sea trout　ブラウン・トラウト（後出）の降海型。ヨーロッパ北部、北米大陸に分布。多くは、海での滞在は三年である。平均六〜二二キログラムで、鮭よりやや小さい。淡水に入ったシー・トラウトは魚体が美しく素晴らしいファイトをみせるところから、にじ鱒（後出）の降海型スチールヘッド同様、フライ・フィッシャーマンが目の色を変えて追いかけまわす。

＊3　brown trout　サケ科ニジマス属の魚。ヨーロッパで単に鱒といえば、このブラウン・トラウトを指す。背部が紫褐色、腹部は黄色または白、体一面に黒点と赤点が散らばり、赤点は青白色で縁どられている。にじ鱒（後出）より、やや冷水域を好む。

川では三〇〜五〇センチぐらいが一般的。湖ではさらに大型に成長し、七〇〜八〇センチもまれではない。ふつう二年目の終わりか三年で成熟する。水生および陸生の昆虫、甲殻類、小魚を餌とする。一八八三年にドイツからアメリカに移殖され、アメリカでも多くの河川に棲むようになった。ほかにオーストラリア、ニュージーランド、インド（ヒマラヤ）、日本などにも移殖され、生息している。

貪婪で神経質というサケ科の魚に共通する性質を最も濃厚にもっている魚で、最高の釣りの対象魚の一つとされている。味は美味、ヨーロッパでは高級料理の一皿である。

＊4 split cane　現在スプリット・ケーン・ロッドといえば、三角形に切り出した竹の棒を六本貼り合わせ、仕上がりが六角形になっている竹竿をいう。しかし一八三〇〜一八四〇年頃イギリスで作られた最初のスプリット・ケーンは、仕上がりが三角形のものであった。一八四六年、はじめて竹の六角竿が作られたが、作ったのはサミュエル・フィリップというアメリカ人で、ペンシルヴェニアのヴァイオリンづくりだった。フィリップの六角竿はまだチップ・セクションだけで、バットには従来どおりトネリコを使っていた。チップもバットもすべて竹の六角形という、現在のスプリット・ケーンの原型をつくり上げたのは、十九世紀の終わり頃で、アメリカのハイラム・ルイス・レナード（レオナルド）だった。二十世紀初頭から徐々にレナードの六角竿（スプリット・ケーン）が最もすぐれたフライ・ロッドとして普及しはじめ、第二次世界大戦まで六角竿の全盛時代となる。イギリスのハーディー兄弟商会もインド経由の竹で六角竿の名竿を生んだが、六角竿製造の主流はアメリカにあった。

すぐれている。

一九四八年にグラスファイバーが発明され、廉価と高性能によってグラス・ロッドがたちまち普及したが、その後、宇宙工学の産物であるカーボン・グラファイトがフライ・ロッドにも使われるようになり、いまはグラファイト・ロッド一色という形勢である。軽さ、弾力、強度のどの点をとっても、グラファイト・ロッドは抜きんでてすぐれている。

しかし機能性はグラファイトに劣るとしても、中国産のトンキン・バンブーを使った六角竿の工芸品的な美しさと風格を愛する釣り人は後をたたず、スプリット・ケーン・ロッドの製造は、少数ではあるが連綿として続いている。一本一本が精密なハンド・メイドであることを要求されるから、市価はきわめて高い。

＊5　サケ科の魚の分類は二十世紀になってより体系的に整理され、現在、一般的に行なわれている分類は以下のようである。

サケ科は大別して四つの属に分ける。

(1) *Salmo*（大西洋サケとマス）

Salmo salar 大西洋サケ。

Salmo trutta ブラウン・トラウト、およびその降海型であるシー・トラウト。

Salmo gairdneri レインボー・トラウト。

(2) *Oncorhynchus*（太平洋のサケ）マスノスケ（king salmon）、ベニザケ（red salmon）、カラフトマス（pink salmon）、サケ（chum salmon）、ギンザケ（silver salmon）など、日本人に多少とも親しいサケは、これに属する。

(3) *Salvelinus*（イワナ属）

Salvelinus leucomaenis イワナ。
Salvelinus fontinalis カワマス。
これらのほかにオショロコマ（*Salvelinus malma*＝dolly varden）、ホッキョク・イワナ（*Salvelinus alpinus*＝arctic char）などが、これに属す。
(4) *Hucho*（イトウ属）
北海道に棲むイトウなどが、これに属す。

グレイがサケ科 *Salmonidae* を *Salmo salar, Salmo eriox, Salmo trutta* の三種に分けたのは、当時の不完全な学説によるものか、グレイ自身の不完全な知識によるものかは不明である。*Salmo eriox* すなわち bull trout は、シー・トラウトのスコットランドでの呼び名というのが現在の定説である。

概してサケ科の魚は、地域的変異が大きいせいなどもあって、分類学上の解明が遅れた。二十世紀後半になって分類学的体系が修正、補完されたが、いまなお学者によってさまざまな異説があり、細部では一致していない面がある。

第7章
＊1　ターポン tarpon は、大西洋の両側、つまりヨーロッパ大陸側とアメリカ大陸側の海域に棲息する大型魚。大河の河口付近に多く、ときには完全な淡水域にも入る。最大で二メートル、一五〇キログラム以上に達し、鉤に掛かると猛然とジャンプをくり返すファイターであることから、欧米では釣りの対象魚として昔から絶大な人気があった。

第8章

＊1　Herbert Maxwell（一八四五〜一九三七）。イギリスの政治家、文筆家。エディンバラ生まれ。ウィグタウンシャーの州統監時代に釣り・狩猟・馬術の名手として名声を博す。のちに下院議員となり、J・チェンバレンらと貿易関税政策の改革を主張。政治活動から退いた後、小説・自伝・歴史のほか博物誌や釣り・狩猟など多彩な分野で筆をふるった。グレイがここで紹介している本の書名は、残念ながら不明。

＊2　Hardy Brothers　一八七二年、ウィリアムとジョン＝ジェムズの二人のハーディー兄弟が創業した釣り具メーカー。一〇〇年余にわたって、数々の名竿、名品を生み、いまなお世界でも屈指の釣り具メーカーの地位を保っている。伝統を感じさせるフライ・ロッドは良質と定評があるが、現在、フライ・フィッシングの世界で最も声望が高いのは一連のフライ・リールで、これは他の追随を容易に許さない。

＊3　太いフライ・ラインの先端につける鉤素は、いまではリーダー leader と呼び、テーパーがほどこされたナイロン糸になっている。第二次大戦後ナイロンが釣り糸として実用化されるまでは、鉤素といえばガット gut（正式には silk-worm gut）であった。すなわち「てぐす」（天蚕糸）のことである。てぐすは、蚕の幼虫の絹糸腺を引きのばして精製した半透明の糸のこと。日本では、樟蚕の幼虫シラガタロウのものが使われた。ナイロン・リーダー以前では、太さの異なるてぐすを段階的に結んでテーパーをほどこしたものを鉤素（リーダー）としていた。さらに以前は、一本のてぐすをそのまま適当な長さにして鉤素としていた。

アンドローン・ガット undrawn gut、後出のドローン・ガット drawn gut は、ともにてぐすの製法にかかわる言い方である。てぐすを作るとき、トコロテン製造器のようなもので細く「引き抜いた」ものがドローン・ガット。太さが均一になる代わりにグレイがここで指摘しているような弱点があったようだ。アンドローン・ガットのほうは手でつむぐようにして引きのばしていったもので、概して太く、しかも均一でない。しかし、比較的強いとグレイは述べている。

＊4　本書でグレイがリール・ラインあるいはカースティング・ライン、また単に釣糸、糸（ライン）といっているのは、すべて現在の用語でいうとフライ・ライン（または単にライン）のことである。

ウォルトンの時代から十九世紀まで、フライ・ラインは馬の尻尾の毛（馬素）を編んだものだった。十九世紀半ばに馬の尾毛に絹糸をまぜてよったものが使われるようになり、その後、絹だけで撚ったものが主流になった。絹糸の編み方は、鈎素をつける先端の部分は細く、しだいに太くなって、ある一定の長さまでくるとその太さが変わらなくなる。つまりテーパーがつけられている。一八七〇年代に、そのように編んだ絹糸にオイル・コーティングしたものが出現した。ここでの記述にもあるように、木綿糸にオイル・コーティングしたものもあったが、絹糸のほうが一般的であった。そして時代が下るにしたがって、テーパーのつけ方やオイル・コーティングのやり方は進歩したが、一九四八年、ナイロン製のフライ・ラインが出現するまで、オイル・コーティングした絹糸がフライ・ラインの標準だった。

ナイロン製フライ・ラインの出現によって、フライ・ラインは革命的な進歩をとげ、浮力が増大し、正確なテーパーがつけられるようになり、素晴らしい性能を発揮するようになった。プラスチック・コーティングをはじめとする先端技術がつくりだした現在のフライ・ラインは、カーボン・ロッドとともにキャスティングをたいそう容易にしている。

＊5　greenheart　緑心木。フライ・ロッドの素材として、グリーンハートが英領ギニアからイギリス本国に輸入されたのは一八五〇年頃とされる。それまでフライ・ロッドの素材の主流は、トネリコ、ランスウッド、ヒッコリーか、それにスプリット・ケーン（前出）を組み合わせたものだった。最も一般的な二本継ぎの竿の場合、バット・セクションがグリーンハートやトネリコ、チップ・セクションがスプリット・ケーンというものが多く用いられた。また、バットもチップもグリーンハートもしくはランスウッドというロッドもあったが、それらは竹竿より硬く、しっかりしているけれど、弾性に欠けてもろいのが欠点とされた。

グレイが記述しているこの時代、すなわち十九世紀末から二十世紀初頭は、ちょうどフライ・ロッドの転換期にあたっている。竹の六角竿（スプリット・ケーン・ロッド）が製作されはじめていたが、まださほど一般的ではなく、十九世紀後半では、グリーンハートやランスウッド製の竿のほうがまだ主流で、釣り人の信頼もより厚かったようである。

アフリカから輸入された〝新素材〟であったグリーンハートは、現在のカーボン・グラファイトやグラスファイバーに比べるまでもなく、スプリット・ケーン・ロッドに比較しても、とてつもなく重いものであった。

＊6　gaff　魚をとり込むために、木もしくは金属の柄に先の曲がった鉤（かぎ）をつけたもの。
海・川を問わず大型のゲーム・フィッシュや鮭釣りに用いられるが、ふつうの鱒釣りでは、とり込みにはたも網（ランディング・ネット）を使うことが多い。
＊7　ここでパラフィンというのは、ろう状の固体になったいわゆるパラフィンを溶かした油のこと。シカの脂から析出したものが最上とされる。ドライ・フライがよく浮くために使われるのである。

第9章

＊1　Loch Leven　この湖には、ロッホ・レヴン・トラウトとして名高い止水産の鱒が棲む。この鱒の名は世界中に知れわたり、アメリカでは多くの人びとから新種の鱒と考えられているが、ブラウン・トラウトの変種にすぎないともいわれる。
＊2　英語でブルック・トラウト brook trout と呼ばれるこの魚は、現在、ニジマス属 *Salmo* ではなく、イワナ属 *salvelinus* に分類される。つまり、学名はサルヴェリヌス・フォンティナーリス *salvelinus fontinalis*。カナダとアメリカの東部が原産。背部は濃青色から暗褐色まで変化があり、微妙な色で、腹部は黄色っぽい。背部と背びれに虫食い状の斑紋がある。体側に青く縁どられた朱赤点が散らばっている。三〇センチで大型の部類に入り、最大記録は約六キログラム。
鉤掛かりすると、派手なジャンプはほとんどないが、イワナ属特有の鈍い重さで、川底へと突進する。アメリカでは、東部で始まったフライ・フィッシングの最初の貴

重な対象魚だったことから、いまでも根強い人気がある魚である。日本には一九〇二年に移殖され、限られた場所で繁殖している。

＊3　英語でレインボー・トラウト rainbow trout と呼ばれるこの魚の原産地は、北米大陸の太平洋側河川からアリューシャン列島の河川にかけてである。背部は緑褐色、腹部は青白色、背部と背びれ・尾びれに小黒点が多数散らばっている。眼の後ろから尾びれ基部まで、体側に赤紫色（虹色）の帯が走り、そこからにじ鱒の名で呼ばれる。水生および陸生昆虫、小魚などが主餌。湖のにじ鱒で二五キログラムを超えるものが記録されているが、川では五〇センチあれば大型の部類に入る。ブラウン・トラウトやかわ鱒と同じく、棲息する河川によって大きさは千差万別である。水温八〜二〇度Cと、比較的に適応力がある。

ジャンプをくり返す素晴らしいファイトをみせることから、最高のゲーム・フィッシュの一つとされている。日本でも一八七七年に移殖されて以来、移殖と養殖が盛んに行なわれて、鱒といえばこのにじ鱒を指すようになっている。しかし、何代も養殖をくり返した現在のにじ鱒は、川に棲む野生のそれとは似て非なるものといえるほど、異なった魚になっている。

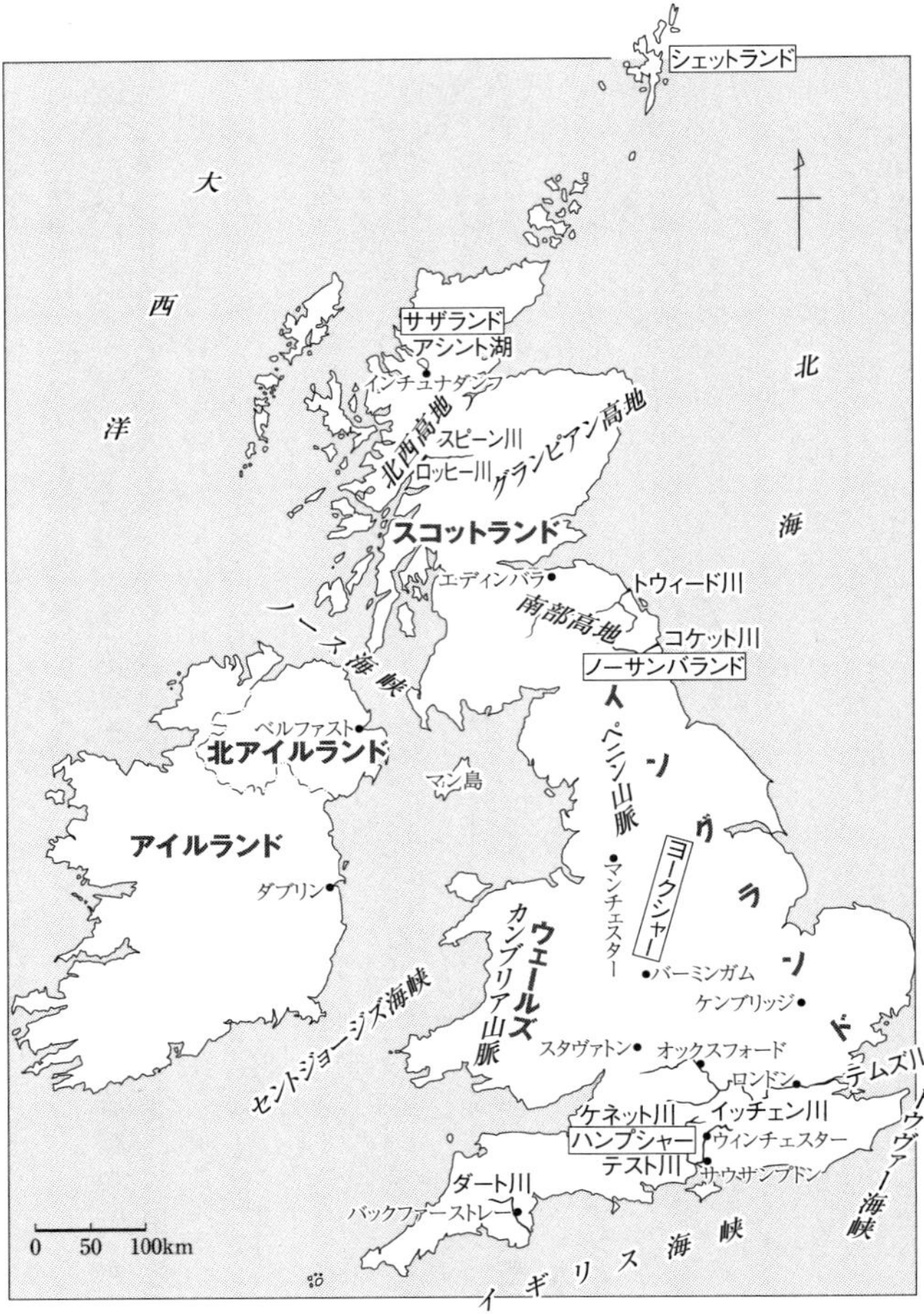
シェットランド
大西洋
北海
サザランド
アシント湖
インチュナダンフ
北西高地
スピーン川
ロッヒー川
グランピアン高地
スコットランド
エディンバラ
トウィード川
南部高地
コケット川
ノーサンバランド
ノース海峡
ベルファスト
北アイルランド
マン島
ペニン山脈
イングランド
アイルランド
ダブリン
ヨークシャー
マンチェスター
ウェールズ
カンブリア山脈
セントジョージズ海峡
バーミンガム
ケンブリッジ
スタヴァトン
オックスフォード
テムズ川
ロンドン
ケネット川
イッチェン川
ハンプシャー
ウィンチェスター
テスト川
サウサンプトン
ドウヴァー海峡
ダート川
バックファーストレー
0 50 100km
イギリス海峡

エドワード・グレイとの奇縁——あとがきに代えて

西園寺公一

いままで私は何冊かの翻訳本を出版したが、エドワード・グレイの『フライ・フィッシング』ほど楽しんで、心の躍る思いで翻訳した本はない。それは単に私が毛鉤釣りを最高の趣味としてきたからばかりではなく、グレイの本を読んでいると、いつの間にか私自身がグレイの立っている川岸に立ち、鱒の跳ねに毛鉤を投げているような気持になるからである。グレイの文章はそれほど生き生きとしていて、誠実で、外連《けれん》や誇張などみじんもなく、自らの豊富な経験と緻密な研究を披瀝して、読者の心を奪う。この本が、釣りのバイブルと言われるアイザック・ウォルトンの『ザ・コンプリート・アングラー』(邦訳は『釣魚大全』)に次いで高く評価されているわけがよく解る気がする。釣りを教えてやろうという立場からではなく、釣りの楽しみをみんなと分ち合おうという気持で、グレイが筆をとっているところに最大の魅力を感じる。

エドワード・グレイの趣味はまことに広く、深いものであった。魚釣りはもちろんのこと、彼は野鳥の声を聴き、姿を観察することにも人生の大きな喜びを感じ、彼の野鳥の研究は高く評価されている。また、彼は花や草木にも強く心をひかれるのだった。大自然とともに生きる生きがいを彼ほど純粋に感じた人間はめずらしいのではあるまいか。

釣りについて言えば、彼は鱒釣りに向いた環境の中で育ったと言ってよかろう。生れたのはロンドンだが、育ったのはイングランド北部のノーサンバランドにあった祖父グレイ卿の領地ファロドンで、この近くを流れる有名な鱒川、トウィード川やコケット川は、彼の著書にしばしば出てくる。これらの川で、彼が毛鉤釣りを楽しんだのはずっと後のことだが、近くの数多い小川には、子供向きの小鱒がたくさんいた。日本では、「釣りは鮒に始まり、鮒に終る」というが、エドワード・グレイの場合、「釣りは鱒に始まって鱒に終った」わけである。その鱒釣りはまだ毛鉤釣りではなく、餌釣りだ。子供の頃から、彼の研究心は旺盛だったようで、みみず餌ならきじに限ると考えて、きじの棲む芥の種類や、腐熟状態などについて研究しているのは面白い。ここで私事を述べさせて頂くと、じつは私の場合も、釣りは鱒釣りから始まった。小学校初年級の頃の夏休みに、両親につれられて、奥日光の丸沼に行き、鱒釣りの洗礼を受けたのだ。丸沼には日本最初の鱒釣りクラブがあった。小舟からの餌釣りで、餌のきじみみずか、紅さしにくる、ひめ鱒、小型のにじ鱒、かわ鱒は私を有頂天にするのだった。

グレイは十四歳で、全寮制の中高等学校、ウィンチェスター・スクールに入った。

彼は授業の合間を夢中で毛鉤釣りに励んだ。ウィンチェスターの近くには、美しいチョーク・ストリームのイッチェン川とテスト川があり、女性の髪の毛に似た水草をゆらゆらゆるがせながら、おおらかに流れ、鱒は水草の近くの水中で、きらりと体を閃《ひらめ》かせたり、水面を浮いてくる羽虫に跳ねたりする。しかし、グレイの毛鉤には鱒はなかなか跳ねてくれなかった。ドライ・フライ・フィッシングはそう容易《たやす》いものではない。イッチェン川のような有名な鱒川になると、とかく乱釣されがちで、ドライ・フライ・フィッシングに入門したての新米にはよほどの辛抱が要る。あぶれても、あぶれても、懲りずに釣り場へ通い、繰り返し、繰り返しカーストして、正確なカースティングを物にしなければならない。正確な合せ、魚とのやりとり、魚の取り込みを覚えなければならない。さらに、時に応じて自信の持てる毛鉤を見出さなければならない。グレイの苦心と、上達の過程は、われわれが毛鉤釣りを楽しむためのこの上ない糧である。

この著書の第1章（「はじめに」）に、グレイは、人生を仕事と、休養と、リクリエイションの三つに分けるという意味のことを言っている。仕事をよくやってこそ、リクリエイションをほんとうに楽しむことができるのだし、リクリエイションをほんとうに楽しむことこそ、よく仕事をすることの助けになると彼は言うのである。なるほど、彼が政界入りをし、自由党の下院議員として大いに働き、やがて外務大臣として十一年もの長い間、その職責を立派に果したことを考えると、彼のリクリエイションであった釣りと仕事との関係はまさに彼が言う通りだった。ところが、少年時代、青年時代には、彼の釣りにたいする熱意と実践こそ終始一貫していたものの、彼は必ずしも学業の義務をよく果す善良な生徒、学生ではなかったのだから面白い。ウィンチェスター・スクールで、彼の下級生であり、後に自由党政府で彼の同僚になったH・A・L・フィッシャーは彼について言う——エドワード・グレイはウィンチェスターで、たしかに毛鉤釣りの腕は磨いたが、学業に努力すれば、スクール中で一番になったはずの才能を活かすことはしなかった、と。

それから、グレイはオックスフォード大学のベイリオル・カレッジに入学した。この生活を彼は大いに楽しんだ。大学には三ヶ月に近い長い夏休みがある。休み中、彼は釣りを心行くまで楽しみ、学期中は規定の学課はおろそかにして、好みの詩や文学によって自分の文化生活を深めることに専念した。その結果、「矯正不可能な怠惰」の故をもって、退校処分を受けたものだ。その後間もなく、彼を長いこと愛育してきた祖父が亡くなり、その代りに彼を指導したのはマンデル・クレイトンという宗教家で、彼に心服したグレイは、はじめて大衆への服務ということに開眼したのだ。彼が政界に入ったのは、パブリック・サーヴィスの義務を真面目に受取ったからであり、けっして出世欲のためではない。彼には出世欲などみじんもなかった。ここが魚釣りの大聖人と言われている中国の太公望と彼が本質的に異なる点である。まっすぐな鈎を垂れ、釣りをするふりをして、宰相の地位を釣り上げた太公望は、釣り人の風上に置けない俗人、外道だと私は思う。

話がだいぶん横道にそれてしまったが、釣りの話に戻ろう。グレイの釣りは鱒に始まって、シー・トラウト、グリルス、鮭などの大物におよぶ。もちろんすべて毛鉤釣りである。英国北方のハイランドや、スコットランドでのこれらの釣りは、残念ながら日本の釣り人にはほとんど縁がないのだが、グレイの詳細な、生き生きとした描写はすべての釣り人を魅了するにちがいない。私はオックスフォード大学に在学中の夏休みに、遠く北スコットランドのサザランドまで行き、インチュナダンフ周辺の川や、アシント湖に釣ったことを懐しく想い起す。七月のスコットランドの丘陵は薄紫のヘザーの花盛りで美しく、花崗岩地帯を流れる川の水は清冽だった。ギリー（釣り案内人）のビル爺さんがのんびりと漕いで行く山上湖からは、スコットランドの名山ベン・モーアのおおらかな姿が見え、澄みきった碧空には、近くの海辺からきたのだろう、まっ白な鷗が二羽、三羽、静かに舞っている。釣りの楽しみは、ただ魚を釣ることにのみ捉われるのではなく、釣りをとりまく自然の美しさを楽しむところにある、とグレイは言うが、まさにその通りだ。美しい環境を破壊することなく、釣りの楽しみを深めて行きたいものである。

インチュナダンフでの私の釣りは、主としてグリルス釣りであった。グリルスについてはグレイの本にも出てくるが、日本の釣り人には馴染みのない魚である。鮭とシー・トラウトとの間のような魚で、サモン・トラウトともギザード・トラウトとも呼ばれる。ギザードというのは、鶏の砂肝《すなぎも》のことで、砂肝のある魚はグリルスぐらいのものではなかろうか。グリルスの大ものを上げた日、ビル爺さんは大変なご機嫌で、丘の中腹にある彼の羊飼小屋へ私を招待してくれた。釣りの案内は彼の副業で、本業は羊飼なのだ。小屋では、おかみさんも、娘たちも、一家をあげて、心のこもった歓待をしてくれた。焼きたてのパン、手づくりのクリーム、バター、チーズ、ヘザーの花の蜂蜜にこもったビル爺さん一家の温かい気持が忘れられない。十数日の後、私はうしろ髪を引かれる思いで、インチュナダンフを立ち、五〇マイルのがたがた道を郵便馬車に揺られて、寒村レアルグの駅に着き、グレイト・ノーザン鉄道でロンドンに帰ったのである。

ところで、これは釣りのことではないが、エドワード・グレイについて、一つ好い話がある。野鳥の趣味に関してである。かねてから国際政治の面で協力関係にあった米大統領セオドア・ルーズヴェルトをグレイが案内して、イッチェン川周辺に野鳥の声を聴きに行ったのである。ルーズヴェルトも、グレイに負けないほどの野鳥の愛好家であり、オーソリティーであった。英国南部の自然がもっともすばらしい六月のことだし、イッチェン川周辺には美しい森林が昔のままの姿で残っているのだから、野鳥の声を聴き、その生態を観察するには持ってこいのところだった。野鳥のために、そして、釣りのために、グレイがこのあたりにバンガロウを建てたほどである。ルーズヴェルトとグレイは、伴もつれずに、二人だけで大自然の中へ解け込んで行ったのだから、心行くまで野鳥を楽しみ、自然を楽しんだにちがいない。そこには大統領もなく、外務大臣もなかったのだ。

一九二八年に、エドワード・グレイは、かつて退校されたオックスフォード大学の総長に選ばれた。これは英国ではもっとも名誉ある地位の一つであり、いかにグレイが人びとの景仰《けいこう》の的であったかをうかがい知ることができる。私がオックスフォードに入学したのが一九二七年だから、その一年後のことである。オックスフォード大学には二〇あまりのカレッジがあり、私の入ったのはニュー・カレッジで、その校長がグレイのかつての同僚で、ロイド・ジョージ内閣の文部大臣をつとめたH・A・L・フィッシャーであったのも奇縁だ。学生からみれば、総長は雲の上の人だが、あの頃、敢えてグレイ総長を訪ねて、「フライ・フィッシング」について教えを乞わなかったかと、今さらながらしきりに後悔する次第である。

一九八四年　盛夏

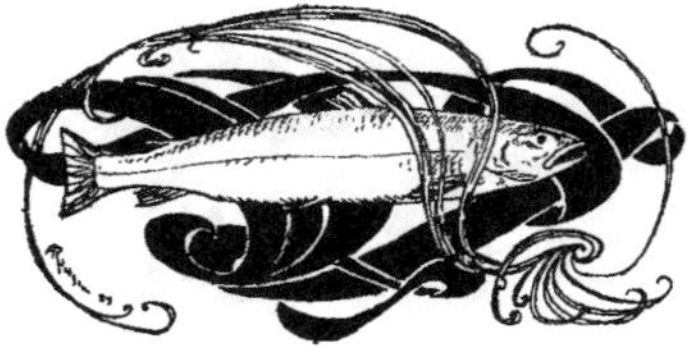

本文挿絵　アーサー・ラッカム
レイアウト　中央公論新社デザイン室

『フライ・フィッシング』
一九八五年二月　ＴＢＳブリタニカ
二〇一三年二月　講談社学術文庫
・中公文庫版刊行に当たりサブタイトルを付し、新たに原書の挿絵を収録しました。
・注の記述は単行本刊行時のものです。

FLY FISHING by Sir Edward Grey
First published in 1899

中公文庫

フライ・フィッシング
——英国式《えいこくしき》釣《つ》り師《し》の心得《こころえ》

2025年2月25日　初版発行

著　者　エドワード・グレイ
訳　者　西園寺《さいおんじ》公一《きんかず》
発行者　安 部 順 一
発行所　中央公論新社
〒100-8152　東京都千代田区大手町1-7-1
電話　販売 03-5299-1730　編集 03-5299-1890
URL https://www.chuko.co.jp/

ＤＴＰ　嵐下英治
印　刷　三晃印刷
製　本　小泉製本

Published by CHUOKORON-SHINSHA, INC.
Printed in Japan　ISBN978-4-12-207625-9 C1198